Diogenes Taschenbuch 23112

de
te
be

Sibylle Mulot

Das Horoskop

Diogenes

Die Erstausgabe erschien 1997
im Diogenes Verlag
Umschlagillustration:
Claude Monet,
›La Barque à Giverny‹,
ca. 1887 (Ausschnitt)
Foto:

Für Shelley von Strunckel

Veröffentlicht als Diogenes Taschenbuch, 1999

120/99/24/1
ISBN 3 257 23112 1

1

Als ich in Friedrichshafen in den Zug stieg, saß sie im Nichtraucherwagen. Der Waggon war so gut wie leer. Sie hatte die Schuhe ausgezogen und bewegte die Zehen. Auf dem Sitz neben ihr stand eine Wildledertasche. Sie hielt den Griff ihrer Handtasche umklammert und starrte verloren aus dem Fenster.

Ihr Gesicht kam mir bekannt vor. Im Geist ging ich alle flotten dunklen Frauen durch, die ich je getroffen hatte. Schwarzhaarig mit blauen Augen, überaus sorgfältig zurechtgemacht, Jägerkostüm. Die Haare über der runden Stirn hochfrisiert, geschminkt, alterslos, sehr schlank. Den Händen nach zu schließen mußte sie über fünfzig sein.

Ein fremder Paradiesvogel. Ich ging an ihr vorbei und setzte mich weiter vorn auf die linke Seite, die Seite mit Seeblick. Auch hier waren alle Plätze frei, der Zug war glücklicherweise leer an diesem nebligen Herbstmorgen. Mit niemandem reden müssen. Niemanden anschauen. Ruhe haben. Manchmal fühlt man sich so.

Kaum war der Zug angefahren, betrat der Schaffner den Wagen. Ich legte meine Puderdose beiseite und begann, hektisch in der Umhängetasche zu wühlen. Ich bin eine ängstliche Reisende. Eine meiner Hauptsorgen ist, ich könnte die Fahrkarte nicht finden, obwohl ich sie in die Tasche gesteckt habe.

Aber der Schaffner kam nicht. Er blieb bei der schwarzhaarigen Dame stehen und sagte: »Lindau – Paris, da müssen Sie in Basel umsteigen. Badischer Bahnhof.«

Er posaunte es einfach heraus. Jetzt wußte ich, daß sie dieselbe Strecke fuhr wie ich. In meiner grauenhaften Morgenlaune hatte ich gehofft, sie würde als Fremdkörper und potentieller Störenfried möglichst schnell verschwinden. Leider wußte ich noch mehr. Sie würde in Basel dasselbe kleine Problem bekommen wie ich. Wie fuhr man vom Badischen zum Schweizer Bahnhof? Der Zug blieb auf der deutschen Seite stehen und überließ uns das Weiterkommen.

»Seit wann muß ich da umsteigen?« fragte die Frau irritiert. Ihre Stimme war sehr mädchenhaft. »Ich fahre diese Strecke seit Jahren. Ich bin da noch nie umgestiegen!«

Der Schaffner, den ich inzwischen im Spiegel eingefangen hatte, machte sein gutgelauntes Dienstgesicht. Es würde ihm in zwei Minuten vergehen.

»Moment, das haben wir gleich… Ich suche Ihnen den Anschluß raus, gnä' Frau.«

Die Dame hatte eine gewisse Allüre. Sie brachte es fertig, trotz intensiven Schaffnerkontakts die Beine nicht vom Sitz zu nehmen – sie waren ausgesprochen wohlgeformt –, und sah hoheitsvoll und leicht verärgert drein. Eine Kundin, die den ihr zustehenden Service erwartet.

Dann wurde sie plötzlich nervös, begann in ihrer Handtasche zu wühlen und holte einen Zettel heraus.

Der Schaffner hatte inzwischen seine Recherchen abgeschlossen und teilte ihr, jeder Zoll ein Kavalier, mit: »Ankunft Badischer Bahnhof 12 Uhr nullnull, Anschluß mit dem Regionalzug um 12 Uhr 45, Ankunft Schweizer Bahnhof 12 Uhr 52.« Damit wandte er sich zum Gehen, hielt aber noch einen Augenblick inne und wartete auf Lob.

»Das ist unmöglich«, sagte die Dame scharf und außerordentlich bestimmt. »Mein Zug nach Paris fährt ja schon um 12 Uhr 48 von der Schweizer Seite ab. Sehen Sie, hier!« Sie hielt ihm den Zettel hin.

Es kribbelte mir in Händen und Füßen. Fast wäre ich aufgestanden, um die Prozedur abzukürzen. Ich bin zwar eine ängstliche, aber auch eine höfliche Reisende, und ich hatte das ganze Elend vor zwei Tagen im Reisebüro durchgemacht.

Der Schaffner war bestürzt und seinerseits vergrämt. Er ahnte Grenzärger, Europaärger, Bahn-AG-Ärger. Er blätterte noch einmal in seinem Fahrplan und sagte spitz: »Dann müssen Sie eben den nächsten Zug nach Paris nehmen. Er fährt zwei Stunden später ab, um 14 Uhr... äh...« Lustlos fledderte er in seinem dicken Band herum.

»*Was* soll ich tun? Ich höre wohl nicht recht! Ich habe reserviert, mein Herr! Ich werde abgeholt!«

Geteiltes Leid, halbes Leid. Das hätte ich heute früh am wenigsten erwartet. Der Schaffner hatte die Laune für den Rest des Tages verloren und sagte beleidigt: »In diesem Fall müssen Sie eben mit dem Taxi durch die Stadt. Oder Moment, vielleicht fährt ein Bahnbus.«

Oh, nein. Diesen Gefallen tat er ihm nicht. Gab es überhaupt noch Bahnbusse? Waren sie nicht schon fossil? Jedenfalls fuhren sie nie, wenn man sie brauchte. Ich hätte ihm das sagen können.

»Und wer bezahlt mir das Taxi?« fragte die Dame empört. »In welcher Währung? Wie bezahlt man in diesem Basel? Ich habe keine Schweizer Franken! Ich habe eine durchgehende Fahrkarte gelöst, Paris Lindau – Lindau Paris.« Wütend hielt sie ihm den blauen Streifen mit dem Magnetband unter die Nase.

Ich stand auf, weil ich das alles irgendwie satt hatte. Ich ging die paar Schritte zu den beiden hinüber und sagte: »Machen Sie sich keine Sorgen. Ich muß auch zu diesem Zug nach Paris und weiß, wie es geht. Man nimmt die Tram. Angeblich hält sie direkt am Bahnhof.«

Erleichtert zwickte der Schaffner meine Karte und verschwand.

»Aber wie bezahle ich die Tramkarte?« fragte die Dame, noch immer zweifelnd.

»Angeblich gibt es im Bahnhof einen Wechselschalter. Übrigens kann sie ja nicht soviel kosten. Ich habe zwanzig Franken bei mir, das müßte für uns beide reichen.«

Sie sah mich dankbar an. »Wieso bin ich früher immer durchgefahren«, fing sie wieder an, aber mehr zu sich selbst. Nein, sie war keine lästige Reisende. Sie hatte auch nicht viel Gepäck. Nur die pralle Wildledertasche, eine Stofftasche und zwei Plastiktüten.

»Also bis nachher in Basel«, sagte ich und verkroch mich weiter vorn in meinem Sitz. Bei Überlingen riß der Nebel auf. Ein strahlend herbstlicher See erschien. Warum kann es auf der Welt nicht immer Herbst sein! Ein triefender bunter Herbstmorgen mit leichten Nebelschleiern und glitzernden Tropfen auf dem langen Gras.

Bei Thayngen kam sie auf Zehenspitzen zu mir geschlichen. Vielleicht dachte sie, daß ich inzwischen eingeschlafen wäre. Aber ich war nur mit Träumen, Starren und der endlosen Suche nach der idealen Landschaft beschäftigt. »Schauen Sie doch, was ich gefunden habe«, sagte sie stolz. »Einen Franken und fünfzehn Rappen.« Sie hielt mir das Geld auf der ausgestreckten Hand hin. »Das war noch in meiner Handtasche.« Das Fünfrappenstück glänzte golden. Sie setzte sich mir gegenüber auf die Bank, ganz vorne auf die Kante, um anzudeuten, daß sie gleich wieder aufstünde und wegginge.

»Was ich noch fragen wollte... Müssen wir im Badischen Bahnhof durch den Zoll?«

Ich hatte keine Ahnung. Für mich war es auch das erste Mal.

»Wenn wir nämlich zu Fuß durchmüssen... Sehen Sie die Tasche dort?«

Sie zeigte auf die pralle Wildledertasche am Fenster.

»Da ist Marzipan drin. Alles voller Marzipan. Fünfundvierzig Barren.«

»Fünfundvierzig Barren Marzipan? Lieber Himmel, für wen denn?«

Die Frau lachte. Es war ein wunderhübsches volles Lachen.

»Das mache ich seit Jahren so. Ich fahre von Paris nach Lindau, und die Tasche ist voll, aber ganz leicht – Croissants für meine deutschen Freunde. Jawohl. Dann fahre ich wieder zurück, und die Tasche ist schwer beladen, in Frankreich gibt es nämlich kein gutes Marzipan. Es ist alles für unsere französischen Freunde. Und für meinen Sohn. Er ist wild auf Marzipan.«

Bei dieser ersten längeren Rede hörte ich plötzlich ihren Akzent. Den leichten französischen Akzent sowieso, aber darunter lag noch ein Akzent. Plötzlich wußte ich, an wen sie mich erinnerte – natürlich, unverkennbar! An eine ungarische Freundin. Das anbetungswürdige Volk der Ungarn – es wird in puncto Anbetungswürdigkeit in ganz Europa bekanntlich nur noch von den Italienern erreicht, wenn auch nicht übertroffen – verleugnete sich eben nirgends auf der Welt.

»Sind Sie Ungarin?« fragte ich.

»Igen«, sagte meine Reisebekanntschaft.

Zu meinem Schrecken sah ich, daß ihr die Tränen in die Augen schossen. Sie verbesserte sich schnell: »Na ja, genaugenommen nur eine halbe…

Meine Mutter ist Ungarin. Sie liegt in Lindau in einem Pflegeheim. Ich komme grade von dort. Bitte, nehmen Sie es mir nicht übel, wenn ich jetzt weine. Ich wollte vorhin schon losweinen, aber da sind Sie eingestiegen, dann kam der Schaffner, und ich dachte, Edit, du bist ein Schaf. Der Zug war so schön leer, warum hast du nicht ab Lindau geheult.«

Und dann weinte Edit. Von Tiengen bis Waldshut. Zwischendurch lächelte sie, als sie sah, daß sie mich mit ihrem Scherz erheitert hatte.

In Waldshut schneuzte sie sich energisch und strich sich den Rock glatt.

»Geht es ihr so schlecht?« wollte ich wissen.

»Wem – meiner Mutter?« Edit betupfte sich die blauen Augen mit dem Taschentuch und puderte sich die Nase.

»Schlecht ist nicht der Ausdruck. Ich wünschte, sie wäre tot. Es wäre eine Erlösung. Ja.«

»Was sagen Sie da!« rief ich überrascht. »Das klingt ja wie ein Todesurteil.«

Edit betrachtete mich einen Augenblick lang nachdenklich. Dann sagte sie: »Früher habe ich auch so gedacht wie Sie. Aber seit zwei, drei Jahren ist es nur noch eine Tortur. Sie ist vierundneunzig, sie versteht mich nicht mehr, kennt mich nicht mehr. Früher war es ein Fest. Ich bin jedes Jahr zweimal eine ganze Woche lang zu ihr gefahren. Im Herbst allein, im Frühjahr mit meinem Sohn und meinem Mann. Erst ging sie am Stock, dann saß sie im Rollstuhl, jetzt liegt sie nur noch im Bett. Vielleicht habe ich sie gestern zum letzten Mal gesehen. Ich habe ungarisch mit ihr gesprochen, weil ich dachte, das versteht sie vielleicht noch... Aber...«

Edit brach ab.

Der Zug hatte sich in Waldshut mit Schülern gefüllt. Edit ging zu ihrem Platz und hob die Marzipantasche hoch. Sie war zu schwer für das Gepäcknetz. Deshalb häufte sie die anderen Taschen und die Zeitung säuberlich darum herum und kam wieder zu mir. Ihre Schuhe waren hochhackig und glänzten.

»Natürlich werden Sie mich jetzt fragen, warum liegt meine Mutter in Lindau und nicht bei uns in Frankreich.«

Ich nickte.

»Einfach, weil meine Eltern ihren Ruhestand am Bodensee verbracht haben. Vor zehn Jahren sind sie in dieses Lindauer Stift gezogen. Vor ein paar Jahren starb mein Vater, und meine Mutter wollte mit keinen zehn Pferden mehr von dort weg.«

»Was war Ihr Vater? Ich meine, wenn er nicht Ungar war?«

»Versicherungsmathematiker.« Edit verbesserte

sich und lachte. »Sudetendeutscher. Er arbeitete in Wien für die Donaudampfschiffahrtsgesellschaft – nein, schauen Sie mich nicht so ungläubig an, ich weiß, daß es ein Witz ist, das längste deutsche Wort, nicht wahr? Ich bin ja in Deutschland aufgewachsen. Aber er hat wirklich für diese Gesellschaft gearbeitet. Ab und zu fuhr er dienstlich nach Budapest, dort lernte er meine Mutter kennen. Sie haben sich geheiratet, und ich bin in Wien zur Welt gekommen.«

Edit hatte etwas, das die Dinge plastisch machte. Nicht die Wörter, sondern die Art, wie sie sie aussprach. Ich hatte lange nicht mehr an Ungarn gedacht, aber plötzlich war es, als stünde ich an einem warmen Nachmittag auf einem Wiener Dachgarten und schaute zur pannonischen Pforte in das dunstige Land hinein.

»Ich habe wenig Erinnerungen an Wien. Als der Krieg zu Ende war, wurde ich gerade fünf. Ich erinnere mich an unseren Keller, wo die Marmeladengläser so leise aneinanderklirrten. Ab und zu gab es einen Spaziergang rund um unser Haus in Hütteldorf.«

Mit der Mutter redete Edit ungarisch, mit ihrem Vater deutsch.

»Nach dem Krieg hatte mein Vater die Möglichkeit, nach Ungarn zu gehen ohne seine Alterspension, oder nach Deutschland mit seiner Alterspension. Es hing irgendwie mit der Kassa zusammen, in die er eingezahlt hatte. Er dachte eine Zeitlang nach und sagte dann: ›Bei aller Liebe...‹« Edit ahmte die weich-sonore Sprechweise ihres Vaters nach, und ich hörte darin wie in einem magischen Phonographen die Stimmen der Menschen, die ich kannte, und sah gleichzeitig einen Herrn vor mir, der in seiner Freizeit alte Spielzeugeisenbahnen sammelte und sie nach historischen Fahrplänen um die Kurven sausen ließ.

»Er ging nach Ungarn.«

»Nein! Dafür war er zu alt, sagte er. Er entschied sich für Deutschland, fand eine Stelle bei der Bundesbahn, und wir drei landeten in Göppingen. Es liegt an der Bahnlinie.«

»Ich kenne Göppingen«, sagte ich.

»Wirklich?«

»Na ja, nicht so genau. Vom Durchfahren.«

»Jeder kennt es vom Durchfahren.« Edit seufzte. Über Göppingen schien sie nicht unbedingt reden zu wollen.

»Aber schön. Wir hatten dort unser Haus, mein Vater seine gute Stelle, ich ging zur Schule. Und wenn ich mittags nach Hause kam und das Gartentor hinter mir zuschlug, war das der beste Augenblick des Tages... Ich war sehr glücklich mit meinen Eltern, und meine Eltern mit mir, und im Sommer fuhren wir zu einer Tante nach Italien.«

Mir kam plötzlich ein merkwürdiger Gedanke. Edit, diese so fremd aussehende Edit mit der pechschwarzen Bienenkorbfrisur und den Ohrringen und der Perlenkette war genauso alt wie meine älteste Schwester. Nach dieser Rechnung waren ihre Eltern etwas älter als meine Eltern, und das Haus in Göppingen ähnelte womöglich meinem Elternhaus. Wir lebten in derselben Zeit, oder hatten darin gelebt. Ihre Erzählung war keine Fabel im luftleeren Raum oder in einem staatenlosen Niemandsland, wie ich ursprünglich gedacht hatte. Edit war genauso durstig wie wir vom heißen Schulweg nach Hause gekommen und hatte Wasser aus dem Kran getrunken. Sie hatte im Sommer die verriegelten Holzfensterläden geliebt, die die Zimmer in dämmriges Grün tauchten. Sie hatte Tanzstunde gehabt und war ins Freibad gegangen und hatte sich eine Zeitlang breitschlagen lassen, ihre schulfreien Sonntage als unbezahlte Hilfskrankenschwester im Kreiskrankenhaus zu verbringen. Sie war mit ihren Pfennigabsätzen in den Drahtschlingen der gleichen Schuhabstreifer hängengeblieben. Natürlich hatte es auch in Göppingen eine »Eisdiele Lazzarin« gegeben, wo sich die Verliebten trafen, und zu Hause hatte man sich über die radioaktive Verseuchung der Thunfischkonserven lustig gemacht. Mit sechzehn hatte sie sich in melancholischer Verzweiflung gefragt, wo das alles hinführen solle, hatte am Radio Tränen über den Ungarnaufstand vergossen oder mindestens ihre Mutter getröstet, die das tat, hatte gleichzeitig an die neue Tapete für ihr Zimmer gedacht mit Fischerdorf, Meer, Obstkarren und Südländern in gestreiften Leibchen, hatte montags die Hitparade gehört und dienstags den Jazzclub besucht.

In majestätischer Häßlichkeit zog Rheinfelden am Fenster vorbei.

»...aber da fuhr ich schon dreimal in der Woche zum Training nach Stuttgart«, hörte ich Edit sagen. »Ich hatte meine Passion gefunden. Mit neunzehn war ich Solotänzerin am Staatstheater. Dann kamen John Cranko und Marcia Haydée, sie wurden meine großen Vorbilder.«

Mein Paradiesvogel kam vom Ballett. Das erklärte vieles. Ihre graziöse, sichere Haltung, ihre Schlankheit und die Kraft, mit der sie jetzt die Marzipantasche vom Sitz hob.

Das Ding war bleischwer.

»Wollen wir es nicht zusammen tragen?«

»Warum nicht? Aber beim Zoll nehme ich sie

wieder allein. Man soll sein Schicksal nicht herausfordern.«

Wir gingen den endlos langen Bahnsteig entlang. Irgendwo am Himmel gibt es die Konstellation der »Taschenträgerinnen«. Ein schräges großes M. Nur hat sie bisher noch niemand entdeckt.

»Ich wußte nicht, daß Marzipan so schwer ist«, sagte ich. Vielleicht war ja etwas vollkommen anderes drin. Handgranaten oder Plutonium, heutzutage kann man nie wissen. Edits Katzenprofil wies nach unten. Sie hielt den Kopf gesenkt, aber hauptsächlich, weil sie auf ihre Absätze achten mußte. Der Abstieg mit Marzipan und Stöckeln erwies sich als schwierig. Unten in der Unterführung mußten wir lachen.

Ausgang Stadt/Zoll. Das Schild wies nach links. Wir durchschritten eine Glastür, kamen in ein System von Korridoren, die durch hohe Milchglasscheiben voneinander getrennt waren, und merkten erst kurz vor einer scharfen Biegung, daß hier offenbar die Zollgerade begann, der Endspurt. Edit nahm im allerletzten Moment, während sie schon um die Ecke bog, die schwere Tasche allein in die linke Hand und marschierte in tadelloser Haltung an der langen, niedrigen eisenbeschlagenen Gepäcktheke vorbei.

Ich ging hinter ihr und sah, wie in der Ferne ein

bislang unbeschäftigter Zollbeamter Witterung aufnahm. Ein paar Reisende vor uns gingen unbeanstandet durch. Vielleicht hatte er von unserem Taschenwechsel noch einen Schimmer aufgefangen, oder er hatte unser Lachen gehört. Jedenfalls schob er sich wortlos und freundlich, aber in eindeutiger Körperhaltung so weit in Edits Hoheitsgebiet, daß sie nicht anders konnte, als die Tasche auf der Armsünderbank abzusetzen.

Ploff, machte das Marzipangepäck.

Edit war nicht im geringsten aufgeregt. Heiterzerstreut lächelte sie den Beamten an. Finster und zu jeder Solidarität entschlossen ließ ich unaufgefordert meine Reisetasche ebenfalls auf den eisenbeschlagenen Tresen fallen. Wenn du sie filzt, mußt du auch mich filzen, hieß das, und selbst ein Hilfszöllner hätte direkt erkannt, daß sich in meiner faltenschlagenden halbleeren Reisetasche nichts für ihn Interessantes befand.

»So«, sagte der Beamte im Ton freundlicher Neutralität (er war noch unentschlossen), »was haben wir denn da?«

»Kleider«, sagte Edit. »Nur Kleider.«

»Ach, Kleider?«

»Ja, Kleider. Viele Kleider.«

»Soso. Viele Kleider. Wofür brauchen Sie denn die vielen Kleider?«

»Ich fahre doch weiter nach Paris!« teilte Edit ihm mit. Dabei strahlte sie hemmungslos.

Der Beamte, der in räuberischer Absicht soeben seine Krallen ausgestreckt hatte, verwandelte sich schlagartig in einen liebenswürdigen Privatmann.

»Ah, nach Paris!«

Edit war eine Transitreisende. Sie interessierte ihn nicht mehr.

»Warum kommen Sie nicht mit mir?« lockte Edit, während sie die grünen Henkel packte.

Der Beamte ging auf seiner Seite ein paar Schrittchen mit.

»Ja, das wäre schön«, sagte er und starrte, in angenehme Bilder verwickelt, durch die Glastür auf den deutschen Zeitungskiosk. »Aber leider muß ich hierbleiben.«

Edit neigte den Kopf und tänzelte schwerbepackt durch die Glastür.

In der Halle ließen wir uns auf die Rundbank fallen. Ich gratulierte ihr zu ihrer schönen Leistung.

»Hoffentlich weiß Ihr Sohn das auch zu schätzen«, sagte ich.

»Ach, der«, sagte Edit. »Nächstes Jahr wird er dreißig! Ich habe schon Enkel. Aber lassen Sie uns nach dieser Tram suchen, damit wir es hinter uns haben.«

2

Keine zehn Minuten später setzte uns die Tram vor dem Schweizer Bahnhof ab. Wir stiegen aus und verabschiedeten uns. Ich mußte eine bestimmte Schokolade und einen ausgeflippten Kugelschreiber kaufen. Edit suchte auf der französischen Seite nach Sandwiches oder Pizza. Wahrscheinlich würden wir uns nicht wiedersehen. Züge verlocken dazu, sich abzukapseln, in Trance zu versinken und alles loszulassen.

Während ich den langen Korridor zum französischen Bahnhof hinunterging, überlegte ich, ob ich es schade finden würde, die Dame mit dem Marzipan nicht mehr zu treffen. Sie war mir angenehm, aber auf rätselhafte Art fremd. Etwas in ihrem Gesicht paßte nicht zusammen. Die weit auseinanderstehenden Augen. Das helle Blau und die sonnverbrannte Haut. Was erwartest du von deinen Mitmenschen? fragte ich mich kopfschüttelnd. Immer nur das Verwandte? Was für eine eigenartige Sehnsucht. Ein falsches Heimweh.

Der französische Bahnhof in Basel vermittelt eine besondere Stimmung. Er ist eingezäunt, nur fünf oder sechs Gleise breit. Die Menschen, die zur automatischen Schwingtür herauskommen, haben etwas Aufgekratztes, als würden sie in die Ferien fahren. Sie haben einen leeren Zoll passiert, eine riesige holzvertäfelte Buffethalle mit Alpenbildern durchquert und schlendern jetzt, mit Flaschen, Zeitungen und Sandwiches beladen, am Zug entlang. Endlich Frankreich. Alles wieder normal, ohne Luxus, aber auch ohne Hektik, mit bröckelnden Fassaden.

Der Zufall führte uns wieder zusammen. Wir hatten im selben Nichtraucherwagen reserviert. Ich entdeckte sie am Mitteltisch beim Fenster, mit Sandwich, Marzipantasche und blutiger Nase. Quer über ihren Nasenrücken lief ein kräftiger roter Strich.

»Lieber Himmel, wo haben Sie sich das geholt?«

Edit lachte.

»Das? Das war der französische Zoll. Zum Ausgleich.«

»Der war doch gar nicht besetzt?«

»Stimmt, da war kein Mensch. Aber vor mir ging ein großer junger Mann, so an die zwei Meter, mit Rucksack und Wanderstiefeln. Erst ging er, dann blieb er auf einmal stehen, und ich bin mit der Nase direkt in sein Kochgeschirr gerannt. Blöd, nicht? Was wird mein Mann dazu sagen!«

Sie legte ihr Sandwich weg, holte die Puderdose heraus und betrachtete die geschundene Nase nicht gerade übertrieben sorgenvoll. Überhaupt schien sie ein ausgeglichenes Temperament zu besitzen.

»Und Sie? Haben Sie Ihre Schokolade gefunden?«

Ich legte die bunte Schachtel mit der Katze und der Maus auf den Tisch. Sie entlockte ihr erwartungsgemäß Schreie der Bewunderung.

»Ah, das wäre auch etwas für meine Enkel! Sie sind jetzt fünf und zwei. Oder drei? Ich bin eine vergeßliche Großmutter. Wollen Sie sich nicht hier neben mich setzen? Es ist reserviert, aber wenn jemand kommt, können wir ihn fragen, ob er mit Ihnen tauscht.«

Kaum saß ich, fragte Edit geheimnisvoll: »Glauben Sie an das Schicksal?«

»Kommt drauf an«, sagte ich unbestimmt. Was meinte sie? War sie Mitglied einer besonderen Sekte?

»Nicht, ob das Schicksal gerecht ist – sondern ob es etwas gibt, das die Menschen zusammenführt.«

»O ja, natürlich!« sagte ich. »Wer glaubt nicht daran! Ich habe dazu eine Theorie.«

»Sie meinen: Wenn ich nur fünf Minuten später

oder durch eine andere Gasse gegangen wäre, hätte ich alles verpaßt?«

»Genau das.« Mir wurde vor Aufregung ganz kalt, wenn ich daran dachte. »Eine grausame Theorie. Es wird einem schlagartig klar, daß man um ein Haar auch nicht auf der Welt sein könnte. Als Kind hatte ich immer Angst, mein Vater und meine Mutter hätten sich in ihrer Jugend verpaßt haben können. Das ist absurd, denn sie haben sich ja nicht verpaßt. Trotzdem mußten sie mir immer wieder erzählen, wie sie sich kennengelernt haben. Und irgendwann denkt man, ach, was sich finden soll, das findet sich. Aber eine gewisse Aufregung bleibt.«

»Dann war die Ehe Ihrer Eltern bestimmt glücklich.«

»Ja.«

»Sonst würde man es nämlich nicht bedauern.« Edit lächelte. »Soll ich Ihnen erzählen, wie ich meinen Mann kennengelernt habe? Keine Angst, es ist eine glückliche Geschichte.«

Sie war sonderbar. Vertraut und doch sehr fremd. Diese geraden Augenbrauen. Ihre Vertrauensseligkeit war mir willkommen, andrerseits unheimlich. Irgend etwas schien auf ihr zu lasten, trotz glücklicher Jugend, glücklicher Ehe und der glücklichen Ehe ihrer Eltern.

»Ich war fünfundzwanzig und hatte nur meine Arbeit im Kopf«, sagte sie. »Ich besuchte Englischkurse für Fortgeschrittene. Wir sollten in England gastieren, und ich hatte halb und halb ein Angebot für das Royal Ballet. Da rief im Frühsommer meine Tante an und fragte, ob ich nicht Lust hätte, sie in Istrien zu besuchen. Sie war nach Abbazia gefahren, saß dort in einem Vorort in einem kleinen Hotel und langweilte sich. Sonst hätte sie wohl kaum angerufen. Sie lud mich für eine Woche oder zwei zu sich ein und beschrieb diesen langweiligen Kurort in leuchtenden Farben. Das wundervolle Meer, die Inseln und so weiter. Mir stand der Sinn nicht danach, für mich lag es am Ende der Welt, aber meine Eltern redeten mir zu. ›Medi, du bist erschöpft‹, sagte mein Vater. ›Du wirst schon langsam überspannt, ruh dich aus.‹ Meine Mutter begrüßte sowieso alles, was mich vom Tanzen ablenkte, außerdem war es ihre geliebte Schwester, kurz und gut, sie setzten mich quasi mit Gewalt in den Nachtzug. Mir war das gar nicht recht. Im Geist war ich schon in der Gegenrichtung unterwegs und übte Figuren und englische Idiomatik.

Was soll ich sagen? Die Gegend dort ist herrlich, aber ich fand sie scheußlich und sagte mir während der Reise immer wieder vor: Aber nur drei Tage, keinesfalls mehr. Das Hotel war eine Art Familienpension, nicht unsympathisch, aber ziemlich einsam. Die Tante war nicht da, als ich ankam, man wußte nicht, wo sie hingegangen oder hingefahren war, nur daß sie am Abend um acht bestimmt zurück sein werde, denn sie hatte Halbpension. Offenbar hatte sie gar nicht damit gerechnet, daß ich wirklich käme.

Es war früher Nachmittag, drei Uhr, und ich war vor Ärger schon ganz apathisch. Irgendwann durfte ich endlich mein Gepäck im Zimmer der Tante abstellen. Dann ging ich hinunter in die Halle und bestellte mir einen Kaffee und Zitronensaft. Wie ich mich umschaue, sehe ich in der Ecke einen Mann sitzen, der auch nicht gerade einen glücklichen Eindruck machte. Er sah sehr gut aus, fand ich. Geschmack ist ja verschieden. Für mich sah er unglaublich gut aus, und ich dachte in dieser Sekunde: Diesen Mann will ich heiraten und Kinder mit ihm haben. Ich schwöre Ihnen, daß ich es in den fünfundzwanzig Jahren zuvor nie, nicht ein einziges Mal gedacht hatte. Warum? Das weiß ich nicht. Da saß ein Wildfremder, seine Nationalität kannte ich nicht, er sah südländisch aus, ein Armenier oder Grieche. Sein Beruf war mir unbekannt, sein Zivilstand desgleichen, er konnte verheiratet sein und fünf

Kinder haben. Sein Alter war mir schleierhaft – dreißig, fünfunddreißig, vierzig Jahre? Aber es war mir egal. Kennen Sie dieses Gefühl?«

Ich kannte es nicht, aber ich nickte.

»Später habe ich manchmal überlegt, ob meine Tante dieses Zusammentreffen am Ende der Welt für mich arrangiert hatte. Aber das war vom Ablauf her unmöglich. Der Fremde war mit seinem Auto gerade erst um die Mittagszeit in das Kaff gekommen. Er hatte weiter unten an der Küste eine Woche lang getaucht und geschnorchelt. Freunde hatten ihm einen besonders schönen Platz empfohlen, die Taucherausrüstung lag noch in seinem Auto. Er wollte in unserer Pension nur zu Mittag essen und dann weiterfahren. Um ein Uhr kam er an, zwanzig Minuten später wurde ihm gegrillter Fisch serviert, er trank dazu Weißwein und danach einen türkischen Kaffee, und als er um kurz vor zwei nach seinem Wagen sehen wollte, fehlten an dem Auto alle vier Räder.

Das konnte meine Tante nicht getan haben. Ich habe das Auto selbst gesehen. Die Räder fehlten. Ich weiß noch, daß ich sagte: ›Why didn't they steal the car?‹, und er zuckte die Achseln und lächelte.

Das Auto war ein Citroën, und der Fremde war Franzose. Wir konnten uns nicht verständigen, stellen Sie sich das vor! Ich konnte Deutsch, Englisch, Ungarisch und Italienisch. Jean-Luc konnte Französisch. Die meisten Franzosen können sehr gut Französisch. Oh, wir waren nicht stumm, wir redeten einfach in unseren Sprachen aufeinander ein.

Jean-Luc blieb drei Tage, die Ersatzräder waren längst aufmontiert. Er rief zu Hause an, um seine Ferien zu verlängern. Das war nicht schwer, denn Jean-Luc war damals schon Fabrikant, er leitete die Firma, die er von seinem Vater geerbt hatte.

Innerhalb von drei Tagen war alles zwischen uns klar. Meine Tante konnte es nicht fassen. ›Du wolltest nie heiraten!‹ sagte sie fast vorwurfsvoll. Aber unsere babylonischen Abendessen, bei denen Jean-Luc französisch, sie italienisch und ich englisch redeten, gefielen ihr.

Als nächstes kam Jean-Luc zu unserem Gastspiel nach London. Ich begann, Französisch zu lernen. Mein Vater triumphierte. Er hatte mich von Anfang an dazu gedrängt, und ich hatte es konsequent verweigert. Als hätte ich geahnt, daß ich es eines Tages unter besonderen Bedingungen lernen würde wie im Flug. Warum sich vorher abquälen? Man weiß diese Sachen irgendwie. Es gibt Vorahnungen, das steht fest.«

»Haben Sie das Angebot des Royal Ballet angenommen?«

»Nein. Wir haben geheiratet. Ich bin nach Frankreich gezogen, und dann kam mein Sohn.«

»Also haben Sie nie wieder getanzt?«

»Nein.«

3

Der Zug war während Edits Erzählung langsam angefahren. Wir rollten durch tief gelegene Stadtschneisen, dann auf einer Brücke quer durch den Zoo. Giraffen und Seelöwen rechts, ein Rhinozeros links. Das Publikum im Zug war gemischt. Touristen, Geschäftsleute, Pendler und Pendlerinnen. Langsam versank die Stadt mit ihrem Industrieprofil. Es wurde einsamer. Die Pendlerinnen aus St. Louis füllten das Abteil mit ihrer Grenzsprache. Ein Satz alemannisch, ein Satz französisch. Warum wechselten sie bei jedem Satz die Sprache? Schwer zu sagen. Sie wissen es selbst nicht, ich habe sie einmal gefragt. Aber es würde ihnen unnatürlich vorkommen, den Ablauf der Inventur im Schuhgeschäft oder das Auftauchen einer Blüte in der Kasse oder die sonderbaren Ansichten des Vorgesetzten in einer einzigen Sprache wiederzugeben. Und so fließt ihr Redestrom wie ein zweifarbig gedrehter Wollstrang dahin (oder wie diese Schachbrettblumen, ich glaube,

Küchenschellen) – so lange, bis sich der plumpe Wasserturm von St. Louis mit den drei Lilien ins Fenster schiebt. Dort steigen sie aus.

»Ich habe das Tanzen nie vermißt«, nahm Edit ihre Erzählung wieder auf. »Wissen Sie, wie ein Tachometer funktioniert? Nein? Ich wußte es auch nicht. Bis ich nach Frankreich kam. Im Kern des Tachometers steckt ein Magnet. Er ist durch ein Zahnrad mit dem Geschwindigkeitsmesser auf der Kardanwelle verbunden. Wenn das Auto fährt, dreht sich der Magnet, sein Kraftfeld fängt an zu rotieren. Dabei versucht es, einen Aluminiumring mit sich zu reißen, der außen herum gelagert ist. Das gelingt zum Teil. Der Ring setzt sich in Bewegung, kriecht ein Stück weit mit – er führt die Tachonadel. Die Firma von Jean-Luc stellt Tachometer her. Und Blinker. Neuerdings auch Alarmanlagen. Ein schöner kleiner Betrieb, fünfzig Angestellte, alle zufrieden, in der Banlieue von Paris. Jean-Luc war der Magnet, er riß mich mit. Es gefiel mir, mit ihm etwas aufzubauen. Ich kümmerte mich um die Korrespondenz und übersetzte wichtiges Material für die Entwicklungsabteilung. Warten Sie, vielleicht habe ich ein Foto von ihm.«

Sie suchte in ihrer Handtasche. »Er ist so liebenswürdig. Gestern hat er mich in Lindau angerufen und gefragt, was er mir heute zum Abendessen machen soll. Ich habe gesagt: ›Aber Schatz, du hast doch noch nie gekocht, wie willst du das anstellen?‹ Nein, ich werde selber kochen, wenn ich wieder zu Hause bin. Hier ist das Foto.«

Jean-Luc hatte ein jugendliches Gesicht und weiße Haare. Karajan in Freizeitkleidung, sonngebräunt, mit dunklen Augen. Man sah einen Teil des wohlgepflegten Gartens. Ein typisch französisches Idyll.

»Und Ihr Sohn? Haben Sie ein Foto von ihm?«

Sie zögerte einen Augenblick.

»Ich glaube, ich habe es nicht bei mir«, sagte sie.

Wir schwiegen längere Zeit. Ich merkte, wie sie überlegte, was ich dachte. Eine Mutter, die das Foto ihres Sohnes nicht bei sich hat?

In Mulhouse stieg die Reservierung ein. Es war ein gebrechlicher alter Araber mit einer braunweißen Wollmütze. Ich räumte den Platz neben Edit, weil es zu kompliziert gewesen wäre, ihm den Tausch zu erklären, nahm meine schwarze Tasche und ging zu meinem Platz zurück. Ich saß so, daß ich Edit und den alten Mann sehen konnte. Der Platz neben mir war immer noch leer.

Wir rollten aus Mulhouse heraus, an dem kleinen, nur für die Freizeitschiffahrt benutzten Rhein-Rhône-Kanal entlang. Merkwürdig: Sobald man die Schweiz und das schwer beengte Basel hinter sich gelassen hatte, wurde alles flach und groß und leer. Wir fuhren durch kanadische Weiten voller Wälder und kleiner Seen, in der Ferne schimmerten die Hochvogesen flammend bunt mit einem leichten Herbstschleier, der sie in der Sonne matt und erschöpft aussehen ließ. Fahrradfahrer rollten auf den schmalen Asphaltbändern neben dem Kanal, an den Schleusen standen Fußgänger und starrten in die Wasserkammern, Schiffe waren nicht zu sehen, nur Enten und kleine schwarze Tauchvögel.

Plötzlich war Edit hergehuscht. Sie stand neben mir, ich hatte sie nicht kommen hören, und sagte: »Ich habe das Foto gefunden. Ist dieser Platz noch frei? Nein, auch reserviert. Aber ich werde mich einen Augenblick zu Ihnen setzen.«

Sie reichte mir einen Schnappschuß mit einem lachenden jungen Mann, einem Studenten oder vielleicht noch Schüler. Er hatte glatte dunkle Haare. Sie fielen ihm über den weißen Hemdkragen.

»Das ist Lucien«, sagte sie. »Damals war er neunzehn. Er hatte gerade mit dem Medizinstudium angefangen.«

»Er sieht Ihnen ähnlich«, fand ich. »Und dieser junge Mann hat inzwischen selbst zwei Kinder?«

»Ja«, sagte Edit. Nach einer Pause setzte sie

hinzu: »Aber diese Kinder habe ich noch nie gesehen.«

»Warum? Ist er in einen anderen Erdteil gezogen?«

»Nein. Sie leben in Paris.«

Allmählich dämmerte mir etwas. Diese Geschichte kannte ich.

»Seit ein paar Jahren hat er den Kontakt zu mir abgebrochen«, sagte Edit.

Sie klang vollkommen sachlich. Ihr Profil zeigte wieder nach unten. Sie schaute auf ihre Schuhe. Dann hob sie den Kopf und fragte munter: »Und Sie? Haben Sie Fotos dabei?«

»Fotos... Warten Sie, natürlich...«

Ich leerte die Innentasche meines Portemonnaies.

Edit betrachtete meine Töchter mit Rührung.

»Das ist, was mir fehlt. Schade! Wie gern hätte ich eine Tochter gehabt. Aber die sind ja noch ganz klein, sind es alte Fotos?«

»Nein«, sagte ich, »wir sind alte Eltern. Wir haben uns spät kennengelernt.«

»Und das ist Ihr Mann?«

»Ja.«

»Wie heißt er?«

»Georg.«

»Sie fahren jetzt zu ihm?«

»Er hat in Paris eine Tagung. Ich habe die Kinder zu meinen Eltern gebracht und fahre selbst auch für ein paar Tage hin.«

»Und die Tom-und-Jerry-Schokolade, ist die für ihn?«

»Natürlich nicht – für die Kinder. Aber ich weiß nicht, wo ich in Paris danach suchen sollte. Abgesehen davon haben wir dort zu wenig Zeit.«

»Holt er Sie ab?«

»Das hängt von seinem Terminplan ab.«

»Töchter«, sagte Edit sehnsüchtig und gab mir die Bilder zurück.

»Hat Ihr Sohn… ich meine, hat er den Kontakt richtig abgebrochen, oder…«

»Ich habe es sogar schriftlich«, sagte Edit. Sie klang unbewegt, fast routiniert. »Vor ein paar Jahren habe ich nämlich mal versucht, meine Enkelin zu sehen. Ich wartete bei der Ecole maternelle, an dem kleinen Park, wo sie in den Pausen manchmal spielen. Als der Kinderschwarm aus dem Haus purzelte und zum Spielplatz rannte, habe ich mir das Kind zeigen lassen. Ein hübsches kleines Ding mit langen braunen Locken. Ich habe sie natürlich nicht angesprochen, so blöd bin ich nicht. Ein paar Tage später kam ein Schreiben vom Rechtsanwalt. Darin wurde mir untersagt, meiner Enkelin aufzulauern.«

»Aber was um alles in der Welt haben Sie ihm angetan?«

Edit legte den Kopf mit der leicht angeschwollenen Nase in den Nacken und schaute an die Wagondecke.

»Das Merkwürdige ist«, sagte sie, »ich weiß es nicht. Wirklich und wahrhaftig nicht. Ich habe nicht die leiseste Vermutung. Er hat mir nie etwas gesagt.«

4

Mit schöner Gleichgültigkeit fuhr der Zug durch den herbstlichen Sundgau. Außer Dörfern, weidenden Kühen und Pferden gab es nichts zu sehen. Neben mir saß eine elegante selbstsichere Frau, die mir soeben ihren Lebenskummer gebeichtet hatte.

Lebenskummer oder Schicksalsschlag? Wann beginnt so ein Drama? War es überhaupt ein Drama? Schließlich gehen auch andere Kinder mit zwanzig aus dem Haus und lassen nicht mehr viel von sich hören.

Diese Phrase prallte an Edit ab.

»Nein«, sagte sie bestimmt. »Es gibt gute Kontakte, schlechte Kontakte und abgebrochene Kontakte. Abgebrochene Kontakte kann man theoretisch wieder aufnehmen, wie diplomatische Beziehungen, aber wenn sie erst einmal abgebrochen sind, hilft nur ein Wunder.«

»Warum denn gleich ein Wunder?« Diesen Gedanken fand ich zu fatalistisch. »Nehmen wir an,

Ihr Sohn würde aus einem bestimmten Grund wieder anfangen, Ihnen jedes Jahr zu Weihnachten eine Karte zu schicken. Mit Fotos von seinen Kindern. Das wäre ein sehr dünner Kontakt angesichts der Tatsache, daß er auch in Paris wohnt. Aber würde das nicht die Feindseligkeiten ausradieren? Selbst wenn auf der Karte nur ›Beste Wünsche‹ oder so etwas Ähnliches stünde?«

Edit versank in Nachdenken. Ich sah die Bilder in ihrem Kopf. Bunte Fotos. Ihr Sohn darauf. Gereift. Mit Schnurrbart. Zwei wohlerzogene hübsche Kinder. Eine Weihnachtskarte in warmen Farben, rot und grün, mit Goldsternen, für den Kaminsims. *Mein Sohn! Ja, er hat eine gutgehende Praxis. Die Kinder gedeihen. Der Kleine kommt ganz auf Jean-Luc heraus. Und in der Großen sehe ich etwas von meiner Mutter! Dieselben schwarzen Haare etc.* Es schien ihr ein verlockender Gedanke. Aber nur eine Sekunde lang.

»Ich glaube, es wäre nicht genug«, sagte sie mit ehrlichem Bedauern. »All unsere Bekannten würden als erstes fragen: Habt ihr euch wieder versöhnt? Und ich selbst, ich würde einfach wissen wollen...«

»Sie könnten es nicht in der Schwebe lassen?«

»In... der Schwebe... lassen...« Jetzt sah Edit etwas anderes vor sich. Die erste Karte kam. *Beste*

Grüße, Lucien. Eine Sensation! *Jean-Luc! Hast du gesehen? Lucien hat uns geschrieben!* Das Hin- und Herdrehen des Umschlags. Was für eine schöne Karte. Die warmen Farben. Bestimmt Absicht. Das Gold. Und ein Farbfoto! Euphorie. Nicht an die große Glocke hängen. Weglegen. Die Karte auf einen Stapel legen. Später wieder herausziehen. Stille Freude. Stummer Triumph. Aha! Man war noch wichtig. Die andere Seite hatte sich endlich besonnen, war zur Raison gekommen. Mütter sind unverzichtbar. Eigentlich doch lieb. Schönstes Weihnachten seit vielen Jahren. Vielleicht kommt noch mehr, vielleicht aber auch nicht.

Edit schien diesen Träumen nicht abgeneigt. Wenigstens eine Zeitlang. Draußen rauschte das romantische Illfurth vorbei.

»Aber...« sagte sie schließlich, »das tut er nicht. Und so einfach könnte ich ihm den Rechtsanwalt nicht verzeihen.«

»Kennen Sie eigentlich Ihre Schwiegertochter?«

»Nein.«

»Sie wissen gar nicht, wer es ist?«

»Doch. Ich habe ihren Namen in der Heiratsanzeige in der Zeitung gelesen. Daraus konnte ich entnehmen, daß es nicht das Mädchen war, mit dem er befreundet war, als er das Haus verließ.«

»Aber Sie haben sie niemals gesehen?«

»Doch! Auch in der Zeitung. *Wenn* sie das war... In einer Illustrierten. Hübsche blonde Frau. Eine Kinderärztin, die sich in einem Interview über Erziehung äußerte.«

»Was war das für ein Gefühl?«

»Ich habe es gierig durchgelesen in der Hoffnung, etwas über meinen Sohn zu finden. Irgendein Krümelchen. Was er am liebsten ißt oder so. Aber davon kein Wort. Heute sind die Leute alle so sachlich. Danach hab ich das Interview noch einmal gelesen. Ihre Ansichten waren ziemlich altmodisch. Kinder dürfen nur Holzspielzeug haben, müssen gehorchen, frühzeitig Verantwortung für einen Goldhamster übernehmen – und so. Sehr vernünftige Ansichten.«

Edit zog erschauernd die Schultern zusammen.

»Ich suche eben überall Passion. Sehr altmodisch von mir.«

»Und Jean-Luc? Wie hat er die Sache aufgenommen?«

»Bei Jean-Luc denke ich manchmal, daß er unseren Sohn heimlich trifft, mir aber nichts sagt, um mich nicht zu kränken. – Nein, im Ernst, er spricht nicht darüber. Wenn ich ihn darauf anspreche, sagt er: Laß ihn doch.«

Draußen drehte sich Altkirch vorbei. Eine

hochgetürmte Stadt auf einem Bergkegel, unerreichbar in der Sonne glänzend hinter einer Flußschlinge.

»Haben Sie sich vielleicht gestritten?« wollte ich wissen.

»Jean-Luc und ich? Oh, nein! Im Gegensatz zu vielen Freunden sind wir immer noch…«

»Nein… Ihr Sohn und Sie…«

Edit dachte eine Weile nach. »Nicht wirklich.«

»Aber unwirklich?«

»So, wie man überall streitet. Und sich wieder versöhnt. Ich erinnere mich an den letzten Streit, bevor Lucien aus dem Haus ging. Es war etwas Aktuelles, Politisches. Der Streik bei Renault. Lucien war für die Streikenden, Jean-Luc natürlich für die Arbeitswilligen. Alles schrecklich normal. Kein Grund, um zehn Jahre lang zu schweigen.«

Ich versuchte, ein Bild von Edits Familienlandschaft zu bekommen.

»Wer ist für Sie die verwandte Seele? Ihr Mann?«

»Mein Mann? Oh, nein. Das würde ich nicht wollen. Ich bin seit dreißig Jahren in ihn verliebt, aber die verwandte Seele… das ist mein Sohn.«

Dannemarie. Wir näherten uns der Superbruchstelle. Ich hielt Ausschau nach dem Kanal, der sich vom Horizont her in weitem Bogen dem Bahndamm nähert, um zwischen Retzwiller und Valdieu die Gleise zu schneiden. Die Landschaft war wie geschaffen für Pferdefuhrwerke, Spielzeugtiere, Vedutenmaler. Alles Wasser nördlich der Gleise floß in die Nordsee, südlich davon ins Mittelmeer. Die Namen der Dörfer veränderten sich, Valdieu, Danjoutin – Frankreich. In diesem sanft gewellten Flachland türmten sich unsichtbare Grenzen auf, erkennbar nur am glitzernden Wasserband, das still und blaugrün in einem spitzen Winkel unter den Gleisen durchlief und etwas von einem Landstreicher hatte, der sich auf seiner Straße davonmachte.

»Das war er«, sagte ich zu Edit. »Der Rhein-Rhône-Kanal. Das Verbindungsstück von Mittelmeer und Nordsee.«

»Kanäle machen mich melancholisch«, antwortete sie.

»Nehmen Sie es Ihrer Schwiegertochter übel, daß sie keine Verbindung mit Ihnen aufnimmt?«

»Ich hasse dieses Weib«, sagte Edit. »Selbstgerecht und großartig. Insgeheim gratuliert sie sich zu einem Mann, der ihr die Schwiegermutter erspart. Das ist so bequem, so einfach! Tatsächlich denkt diese Frau überhaupt nicht an mich, obwohl sie mir ihren Mann verdankt.«

Im nächsten Augenblick beruhigte sie sich wieder und lächelte verbindlich.

»Wer weiß, vielleicht tu ich ihr Unrecht. Vielleicht redet sie Lucien die ganze Zeit gut zu. Lucien ist starrsinnig, genau wie ich. Wenn er nicht will, dann will er nicht.«

Der Zug rollte durch einen Kranz von Hochhäusern in den windigen Bahnhof von Belfort. Man sah die kahlen Kuppen der unbesiegten Festung in der Ferne liegen. Die Trikolore wehte auf dem Fort.

Neun Minuten Aufenthalt.

»Ich bin gleich wieder da«, sagte ich zu Edit. »Ich hole nur ein paar Zeitungen.«

5

Belfort ist eine sonderbare Stadt. Die farbenprächtig restaurierte Altstadt schmiegt sich dekorativ an den Festungsberg. Man dringt aber kaum bis zu ihr vor, weil der Wind auf den wüsten Kreuzungen und Ausfallstraßen die Besucher in den Bahnhof zurückbläst. Für die Franzosen liegt Belfort in einer meteorologisch benachteiligten Schneise, der *trouée de Belfort*, wo es pfeift und zieht und die Winter lang und hart sind.

Glücklicherweise hat der Bahnhof alles, was man braucht. Ein Café-Restaurant, Telefonkabinen, ein Buffet, einen internationalen Zeitungskiosk.

Edit war, während ich Zeitungen kaufte, nicht untätig geblieben. Sie hatte unter Aufbietung ihres Charmes den Geschäftsmann, der den Platz neben mir reserviert hatte, zu ihrem eigenen Platz gebracht und ihn überredet, sich vorläufig dorthin zu setzen.

»Er wollte zuerst nicht, das konnte ich sehen«,

sagte sie. »Er wollte nicht neben dem Araber sitzen. Es sind alles Rassisten. Obwohl, wir sind auch mal aus einer Gegend geflohen, in der zum Schluß nur noch Araber wohnten, und in ein feineres Viertel gezogen.«

»Wir könnten in den Speisewagen gehen«, schlug ich vor.

»Nein, nicht jetzt… Sonst setzt er sich sofort wieder auf seinen Platz. Was haben Sie da? Die *Sunday Times*? Darf ich die haben? Einen Teil davon?«

Als der Zug anfuhr, versanken wir in Trance. Das gleichmäßige Summen und Schaukeln hielt mich vom Lesen ab. Edit betrachtete das *Magazine*, ich hielt *Books* auf dem Schoß und verlor mich in Bildern.

Lucien und die Streikenden. Ein kalter Tag vor den Werkstoren der Renault-Fabrik. Januar 1984. Prügeleien, Panik, Verletzte. Lucien, Medizinstudent, kniet neben einem blutüberströmten Opfer. Er hat glänzende glatte Haare, die ihm in die Stirn fallen, einen weißen Hemdkragen, ein schwarzes Jacket. Seine Tasche liegt neben ihm. Er bedauert, den obligatorischen Erste-Hilfe-Kurs noch nicht gemacht zu haben. Beschließt, ihn so schnell wie möglich nachzuholen. Nein, keine lächerlichen Elemente jetzt. Es ist eine ernste Situation.

»Ich war mal bei einer Wahrsagerin«, sagte Edit und hob die blauen Augen von der Lektüre. »Sie hat es mir sofort angesehen.«

»Was angesehen?«

»Sie sagte: ›Ihre Familie macht Ihnen Kummer. Die einen wollen nicht kommen, die andern wollen nicht gehen.‹ Noch bevor ich ihr irgend etwas verraten hatte! Sie ist in Paris sehr begehrt. Sie hat mir alles auf den Kopf zu gesagt, wissen Sie.«

Es gibt nur wenig Berufe, die ich selbst gern erlernt hätte. Wahrsagerin, Soziologin, Astrologin, Illusionistin. Ich beneide diese Menschen um ihre Geheimnisse. »Erzählen Sie mir, wie geht es vor sich? Sie betreten – ihr Zelt, hätte ich beinahe gesagt – ihr Büro, sagen guten Tag, und schon erzählt sie Ihnen Ihr ganzes Schicksal?«

»Nicht ganz so. Es ist wie in einer Arztpraxis. Mit einem Vorzimmer, einer Assistentin, sie ist, wie gesagt, überlaufen. Man meldet sich an, die Assistentin legt eine Karteikarte an – aber nur Namen und Adresse – und fragt: Wer hat uns denn empfohlen? Wie sind Sie auf uns gekommen? Ich habe gesagt: durch die Zeitung! Obwohl eine Freundin mir diesen Tip gegeben hat. Dann wartet man, bis man aufgerufen wird.«

»Dauert das lange?«

»Ich habe etwa eine Stunde gewartet. Andere

warten den halben Nachmittag, manche müssen sogar weggeschickt werden. – Sie wußte alles. Auch Sachen, die ich niemandem erzählt habe. Niemandem.«

»Zum Beispiel?«

Edit zögerte einen Augenblick. »Na, zum Beispiel, daß ich im Frühjahr den Arzt in Lindau gebeten habe, meiner Mutter eine Spritze zu geben. Ich hatte mir extra einen Termin geben lassen und ihn ernsthaft ins Gebet genommen. Sie hat hier niemanden mehr, habe ich ihm gesagt. Ich kann von zu Hause nicht weg, ich kann nicht immer kommen, ich habe meine Familie. Was ist das für ein Leben? Sie leidet nur noch! Ganz abgesehen vom Finanziellen! Und er hat gesagt: Das stellen Sie sich so einfach vor, aber so einfach ist es nicht...«

»Und von diesem Gespräch wußte die Wahrsagerin?«

»Ja. Dabei habe ich nicht mal meinem Mann etwas davon erzählt. Kein Sterbenswörtchen.«

»Aber... wie hat sie es formuliert? Was hat sie wörtlich gesagt?«

»Glauben Sie nicht ans Wahrsagen?« fragte Edit gekränkt.

»Ich weiß nicht. Ich glaube, daß viel Psychologie dabei ist.«

»Und trauen Sie mir nicht zu, daß ich das selber

merken würde?« Sie war noch immer gekränkt. »Ich habe mich jedenfalls nicht ausfragen lassen, wenn Sie das meinen. Aber gut, ich will versuchen, zu rekonstruieren, was auf dieser Sitzung gesprochen wurde. Obwohl es eigentlich sinnlos ist, denn eine, die nicht mal merkt, wie ein Wahrsager sie reinlegt, kann die Sache auch nicht objektiv darstellen.«

Ich mußte lachen.

»Sie haben vollkommen recht«, sagte ich. »Aber ich bin einfach neugierig. Bitte, versuchen Sie es doch. Natürlich unterbreche ich sofort, wenn mir etwas auffällt.«

»Man muß diese Erfahrung einmal gemacht haben. Wie sie einen anschaut. Sie stellt keine Fragen. Sie weiß es. Ich kam rein, und sie sagte als erstes: ›Ihre Familie macht Ihnen Kummer.‹ Darauf ich: ›Das kann man wohl sagen.‹ Ich war so überrascht.«

»Und sie wußte: Ihren Namen, Ihren Geburtsort, Ihr Geburtsjahr, Ihren Wohnort.«

»Und die Geburtsstunde.«

»Also arbeitet sie mit Horoskop.«

»Ja.«

»Außerdem sah sie Ihren Ehering und wußte, daß Sie verheiratet sind.«

»Ja.«

»Und daß Sie ein Problem hatten, wußte sie auch, sonst wären Sie ja nicht zu ihr gekommen.«

»Natürlich.«

»Finden Sie das nicht schon eine Menge Information?«

»Aber hätten *Sie* mir angesehen, daß ich ein Problem mit meiner Familie habe?«

Wieder war ich verblüfft. Edits Intelligenz war unkonventionell. Sie zwang mich, mehr Phantasie für meine Mitmenschen aufzubringen, als ich normalerweise für sie übrig habe.

»Also gut. Sie kommen zu mir. Ich sehe eine attraktive Frau um die fünfzig. Teure Kleider. Wahrscheinlich keine finanziellen Probleme. Sehr gut zurechtgemacht. Eine Erscheinung. Wahrscheinlich keine beruflichen Probleme. Ehering am Finger. Vielleicht Probleme mit dem Mann. Aber dazu äußere ich mich noch nicht. Vielleicht hat sie auch Kinder. Und in ihrem Alter hat sie – hat jeder – noch alte Eltern. Fazit: Familie.«

Nun wurde Edit nachdenklich. Ich konnte es ihr ansehen. Sie runzelte die Stirn, die Augenbrauen schossen wie Pfeile über das Halbrund.

»Was ist? Habe ich Sie beleidigt?«

»Nein. Aber der Wohnort. Tatsächlich kann man aus dem Stadtviertel Rückschlüsse ziehen. Und der Geburtsort. Wenn ich in Wien zur Welt gekommen bin, sind meine Eltern wahrscheinlich weit weg. Dann habe ich familiäre Probleme.«

»Oder gerade nicht.«

Edit lächelte.

»Trotzdem«, sagte ich. »Ich bewundere Wahrsager. Ich bin weit davon entfernt, mich über sie lustig zu machen. Wahrsager sind in der Lage, in einem Minimum von Zeit eine komplizierte Analyse vorzunehmen und sie umzusetzen. Gut, Soziologen können es auch. Menschen mit viel Lebenserfahrung und einem gewissen Interesse am Mitmenschen können es auch. Trotzdem. Es gehört Mut dazu, und Konzentration. Niemand schützt sie vor Irrtum. An Ihrer Reaktion hat sie gemerkt, daß sie voll ins Schwarze getroffen hat. Doppelt ins Schwarze. ›Das kann man wohl sagen.‹ Schöner könnte die Bestätigung kaum ausfallen. Aber sagen Sie mir ehrlich: Wenn diese Wahrsagerin behauptet hätte: ›Sie haben ein berufliches Problem!‹ – hätten Sie ihre Praxis dann sofort und unter Protest verlassen?«

Edit brauchte nicht lange nachzudenken.

»Natürlich nicht«, sagte sie. »Jeder hat ja heute auch ein berufliches Problem. Sogar die, die keinen Beruf haben. Die sogar am meisten.«

»Sie hätten also nicht sofort gedacht: alles Humbug, hier bin ich fehl am Platz?«

»Nein, nicht sofort.«

»Sie hätten lediglich etwas lauwarmer reagiert, vielleicht enttäuscht, Sie hätten sich, wie man so sagt, den Stiefel nicht angezogen, und die Dame hätte sehr schnell hinzugefügt: ›Aber das Problem mit Ihrer Familie ist viel größer!‹«

»Hübsch, wie Sie das alles erklären. Natürlich ist es ein Wechselspiel, wir sind schließlich Menschen. Aber schon ihr zweiter Satz lautete: *Die einen wollen nicht kommen, die andern wollen nicht gehen.* Woher wußte sie denn das?«

»Was *weiß* sie strenggenommen, wenn sie diesen Satz äußert?«

»Was sie da weiß?«

»Ja.«

»Nun...«

»Weiß sie von Ihrer Mutter? Von Ihrem Sohn? Wenn sie wirklich hellsehen könnte, würde sie doch sagen: Ihr Sohn will nicht mehr kommen, und Ihre Mutter will nicht gehen...«

»Ja, gut, aber sie war ganz nah dran, es ging in die richtige Richtung...«

»An Ihrer ersten Reaktion konnte sie erkennen, daß Sie wahrscheinlich nicht nur ein Problem haben, sondern sogar zwei. Es werden wieder die alten Eltern sein, denkt sie, und außerdem der Mann. Die Eltern wollen nicht ins Altersheim, der

Mann hat eine andere und kommt abends nicht nach Hause. – Was haben Sie geantwortet?«

»Was wollen Sie mir die ganze Zeit beweisen?«

»Daß Wahrsagen eine Kunst ist. Oder vielmehr eine Geschicklichkeit.«

»Ich weiß nicht mehr, was ich geantwortet habe. Jedenfalls sagte sie, daß niemand das Recht habe, dem Schicksal nachzuhelfen, daß ich jemanden in einen Gewissenskonflikt gestürzt hätte – das war der Arzt – und daß ich mein ganzes Leben immer in dieser Situation stecken würde: zwischen zuviel Liebe und zuwenig Liebe. Sie sagte: Sie haben die große Liebe gefunden, die Liebe auf den ersten Blick. Das ist ein großes Glück. Und sie hat länger gehalten als alle anderen. Aber jedes Glück hat seinen Preis, sagte sie, und daher... Tatsächlich sind alle Paare um uns herum längst wieder auseinander. Und die waren teilweise jahrelang verlobt! Nur Jean-Luc und ich sind noch zusammen, ist das nicht merkwürdig? Woher wußte sie das alles, frage ich Sie? *Ich* hab es ihr nicht erzählt.«

»Hat sie auch behauptet, daß man Ihren Sohn schlecht beeinflußt hat?«

Edit sah mich an. »Wie kommen Sie darauf? Nein!«

»Ich habe es mal in einer Anzeige gelesen. Haben Sie in letzter Zeit immer Pech? Hat sich alles gegen Sie verschworen? Da steckt doch jemand dahinter! Höchste Zeit, daß Sie zu mir kommen, bevor es zu spät ist. – Ich hab mir diese Annonce ausgeschnitten und aufgehoben.«

»Sie glauben doch nicht etwa an schlechte Beeinflussung?«

»Doch.«

Edit erhob sich ein wenig von ihrem Sitz, um nach ihrem Gepäck zu schauen.

»So etwas zu behaupten ist Unsinn. Das würde meine Wahrsagerin nie tun. Wir sind zivilisierte Menschen. Sollen wir einen Kaffee trinken gehen?«

»Gern.«

Der Zug fuhr pfeifend in einen Tunnel ein.

Edit machte an der Tür noch einmal kehrt und kam mit dem *Magazine* zurück, das sie wie ein Fernrohr zusammengerollt hatte. Sie hielt es hoch.

»Da ist das Horoskop drin!« sagte sie und lächelte.

6

Aber es war nicht das Horoskop, das Edit faszinierte, sondern ein Schwarzweißfoto in einer Tageszeitung, die jemand in der »Bar Corail« hatte liegenlassen. Eines dieser Provinzblättchen für Belfort und Umgebung. Das Foto war scharf, die Nuancen deutlich wiedergegeben. Vor einem großen Gittertor standen vier Flics mit Casquet, Krawatte, Dienstpullover. Sie schauten in vier verschiedene Richtungen. Sie bewachten einen Buggy mit einem etwa fünfjährigen Kind, das ein kleineres Geschwister auf dem Schoß an sich drückte. Neben dem Kinderwagen, den ein Flic festhielt, stand eine Frau mit hellem zurückgekämmtem Haar. Die Überschrift des Artikels hieß: »Lokaltermin in Ronchamp – Die Affäre des Kaplans.«

Nun mußte ich Edit erklären, was Ronchamp war.

»Wir sind vorhin dran vorbeigefahren«, sagte ich. »Schade, man kann Le Corbusiers Kapelle an einer bestimmten Stelle vom Zug aus sehen. Ich kenne sie gut. Wir haben hier in der Nähe gewohnt.«

»Hier steht, es handele sich um eine Familie aus Paris«, sagte Edit und betrachtete gierig das Foto. »Was tun die hier, in der tiefsten Provinz?«

»Was tut die ganze Welt hier?« stellte ich irritiert die Gegenfrage. Dann fiel mir ein, was Edit über ihre Erziehung gesagt hatte (»Religion ist nicht so wichtig, Medi, Sprachen mußt du lernen! Sprachen!«), und versuchte, das Phänomen zu erklären.

»Die Leute kommen von weit her, in Bussen, mit Autos und zu Fuß. Ich habe auf dem Parkplatz mal ein Auto mit neuseeländischem Kennzeichen gesehen. Zum Teil wegen Le Corbusier, zum Teil, weil es ein Wallfahrtsort ist. Die alte Kapelle wurde im Zweiten Weltkrieg zerstört. Le Corbusier hat hier nicht nur eine Kirche wieder aufgebaut, sondern einen ganzen Höhenpark. Einen Glockenstuhl im Wald, einen schattigen Brunnen, die weiße Kirche mit dem stumpfen Turm, eine Freiluftkanzel, die Pilgerwiese, die Aussicht auf die Vogesen, den Jura, den Schwarzwald, die Alpen... Schwer zu beschreiben, die Atmosphäre. Im Frühjahr kommen die Zigeuner und lassen ihre Kinder taufen. An schönen Tagen strahlt der *genius loci*, auch für Ungläubige.«

»Und der Kaplan?«

»Der hat einfach zuviel Temperament. Seit vierzig Jahren kommt er glänzend mit den Zigeunern aus, aber nicht mit dem Pariser Bürgertum. Er ist Invalide, geht an zwei Krücken, hat ein paar Schlaganfälle hinter sich und wurde vor einiger Zeit wegen Mordversuchs angezeigt. Es stand in allen Zeitungen.«

Edit betrachtete noch immer die von den vier Flics flankierten Kinder. Offenbar gefiel ihr die Vorstellung, die Gesetzeshüter könnten die ganze Familie an allen vier Ecken hochheben und zu ihr bringen. Durch die Luft. Wie auf dem fliegenden Teppich.

»Der Kläger ist ein Pariser Rechtsanwalt«, sagte ich, »seine Frau ist Ärztin für Psychiatrie.«

»Und warum wollte der Kaplan diese Familie ermorden?«

»Ach, das wollte er doch gar nicht... Eine höchst kuriose Geschichte.«

Edit las.

Der schwerbehinderte Abbé hatte wie üblich eine Touristengruppe durch die Kirche geführt. Ein fünfjähriger Junge aus Paris machte Bemerkungen, redete ständig dazwischen und sang. Der Abbé beschimpfte ihn (»Wie kannst du es wagen, die heilige Stätte zu entweihen!«), worauf der

Fünfjährige anfing zu weinen. Sein Vater beschimpfte jetzt den Abbé (»Wie können Sie es wagen, mein Kind zu beschimpfen!«). Der Streit schwoll an. Krückenschwingen und Gebrüll. Plötzlich drückte der Abbé hinter dem Altar auf einen Knopf – nun fingen die Kirchenglocken an zu läuten, Lautsprecher dröhnten, die Touristen hielten sich vor Schreck die Ohren zu. Vom Torhaus kamen die Kartenverkäufer angerannt – der Abbé befahl ihnen, die Pariser Familie hinauszuwerfen. Unter Begleitschutz verschwand somit das Ehepaar mit den Kindern über die Hauptallee, und die Führung ging weiter. Kurze Zeit später kletterte der erboste Vater, Rechtsanwalt (»Wir haben schließlich bezahlt«), von draußen wieder über das Gitter und näherte sich der kleinen Herde, die gerade um die Kirche bog. Der Abbé, auf Krücken so unbeholfen, sprang in seinen vor der Kirche geparkten Xantia Automatic und verfolgte den Rechtsanwalt mit Vollgas. Der rannte im Zickzack über die Wiese. Der Abbé fuhr im Auto hinterher. Schließlich hatte der verängstigte Tourist nur noch eins im Sinn: Raus aus diesem Paradies. Er rannte die Hauptallee hinunter – der Abbé immer hinterher – und sah kurz vor dem Ziel, daß die Flügel des Gittertors geschlossen waren. Sie sind immer geschlossen, außer wenn gerade Einlaß ist. Die ahnungslose Frau wartete draußen mit den Kindern auf dem Vorplatz. Der Rechtsanwalt drehte sich um, breitete die Arme aus, der schäumende Abbé machte Miene, ihn mit der Stoßstange an das Gitter zu pressen (»Er wollte mich zerquetschen!«), im letzten Moment sprang der Familienvater mit einem Hechtsprung ins rettende Gebüsch auf der rechten Böschung. Der Abbé kommt zur Besinnung. – Eine Woche später reichte der Rechtsanwalt von Paris aus eine Klage wegen Mordversuchs ein. Der Abbé seinerseits behauptete, er habe nur von seinem Hausrecht Gebrauch gemacht. Für die entscheidende Szene am Gittertor gibt es keine unbeteiligten Zeugen. Daher nun der Versuch einer Rekonstruktion. Der Staatsanwalt sagte zu einem Journalisten, er wisse nicht genau, weshalb er eigentlich Anklage erheben solle – wegen Mordversuchs oder wegen groben Unfugs...

»Na, der wollte ihn doch nur loswerden«, sagte Edit.

»Das wollen Mörder meistens«, gab ich zu bedenken.

»Nein, verjagen... wegjagen. Warum reicht der Kaplan keine Gegenklage wegen Hausfriedensbruchs ein?«

»Der Mann hatte bezahlt.«

»Er hat ihn aber vom Gelände verwiesen, und

wenn er danach wieder übers Gitter klettert, begeht er meines Erachtens Hausfriedensbruch.«

»Schade, daß wir keine Juristen sind«, sagte ich. »Aber niemand weiß, was im entscheidenden Moment am Gittertor vorgefallen ist. Was wäre geschehen, wenn der Rechtsanwalt sich nicht in Sicherheit gebracht hätte? Hätte der Abbé ihn im Zorn wirklich angefahren oder gar zerquetscht? Das weiß er wahrscheinlich selbst nicht.«

»Das Ganze könnte aus einem Film stammen«, sagte Edit.

Der Lokaltermin – so stand in der Zeitung – brachte auch keine Klarheit. Der Abbé humpelte herum, schnitt Grimassen und knurrte: Ich bin der *Mörder*. Einer der Flics bekam einen Lachanfall, als der Rechtsanwalt im Rekonstruktionsversuch wieder die Allee hinunterrannte. Daraufhin wurde die Frau des Klägers handgreiflich und konnte nur mit Mühe beruhigt werden. Der Untersuchungsrichter gab zu Protokoll, dies sei der merkwürdigste Lokaltermin seiner gesamten Laufbahn.

»Paris gegen den Rest der Welt.«

»Jugendstarrsinn gegen Altersfeuer.«

»Tröstlich zu wissen, daß auch andere Menschen Probleme haben.«

»Ich denke immer, es müßte einen Punkt geben, an dem man über alles lachen kann.«

»Das ist naiv«, sagte Edit sofort. »Niemand kann aus seiner Haut. Jeder will recht bekommen.«

»Aber wer *hat* denn recht?«

»Wissen Sie es nicht?«

»Nein«, sagte ich. »Ich finde, beide hatten von Anfang an unrecht. Beim Versuch, das Unrecht gewaltsam in Recht zu verwandeln, entstand immer mehr Unrecht...«

»Und da wollen Sie, daß die Beteiligten lachen?«

»Ja, gerade dann.«

»Sie sind eben nicht betroffen.«

»Nein.«

»Es würde mich interessieren, wie der Streit entschieden wird«, sagte Edit nachdenklich. »Sie werden den Abbé doch nicht ins Gefängnis werfen? Ich bin nicht religiös, bei Gott nicht, aber meine Sympathie gilt dem Abbé. Weil er ein Querkopf ist. Lohnt sich ein Besuch in dieser Kapelle?«

»Wenn die Sonne scheint«, sagte ich.

»Dabei ist es alles Schwindel«, dachte Edit laut nach. »Wir haben mal im Norden Ferien gemacht, als Lucien noch zur Schule ging. Wir haben Fahrräder gemietet und sind an der Küste entlanggefahren. Mitten zwischen den Dünen stand ein Tempel. Ein viereckiger kleiner Bau mit einer mattgoldenen Kuppel. Es war sehr sandig, der Wind wehte, die Sonne schien dramatisch zwischen den Wolken hindurch. Wir sind in das Gebäude hineingegangen, an der Tür stand ›Sufi-Tempel‹. Der Innenraum hatte klassische Proportionen. Die Kuppel war aus Glasfiber, wie ausgezogener Kunsthonig, das Licht fiel hindurch und zauberte eine magische Stimmung. Der Wind sang in einer Regenrinne oder einem Kamin. Ich weiß nicht, wie lange wir dort saßen, alle drei verzaubert – es war so unwahrscheinlich, mitten in den Dünen einen derart meditativen Raum zu finden, für mich war es wie Tanz – ich kann es schlecht ausdrücken, vielleicht ist es das, was andere Leute ein religiöses Gefühl nennen. Einheit mit dem All oder so ähnlich. Jean-Luc sagte, als ich ihn fragte, er habe an Gott gedacht, und Lucien saß einfach mit großen Augen da, und als wir wieder gehen wollten, kam ein magerer Mann zur Tür herein mit einem Eimer, er hatte draußen irgend etwas zu tun gehabt, eine Art Sakristan – sagt man so? Ein Küster. Er nickte freundlich mit dem Kopf und machte eine Handbewegung, wir sollten uns ruhig in der Kirche umsehen, und zum Schluß zeigte er uns hinter einer kleinen Trennwand eine Schalttafel. Ich werde heute noch wütend, wenn ich daran denke. Stellen Sie sich vor, man konnte dort per

Knopfdruck Lichteffekte und Klangeffekte erzeugen! Wie in einer Diskothek. Es war entsetzlich. Künstliche Sphärenklänge orgelten durchs Haus, grelle Lichter zerstörten das Honiglicht, Stimmen dröhnten, ich hielt mir die Ohren zu, er ließ uns alle elektronischen Kunststückchen sehen, die auf seiner Schalttafel waren, sie waren vollkommen überflüssig, mich packte eine so schreckliche Wut, daß ich mich fast übergeben hätte. Wir sind dann schleunigst weitergefahren und haben nie mehr davon gesprochen. Was für ein Schwindel! Ich glaube, deshalb gefällt mir der Abbé. Weil er echt ist. Wie der Erzengel, der die Sünder aus dem Paradies wirft.«

Ihre geraden, sorgfältig nachgezeichneten Augenbrauen standen wie Pfeile in der Stirn. Mir fiel wieder auf, was für lackschwarze Haare sie hatte. Sie waren sehr dünn, jedes Haar glänzte, und das nachgiebige runde Gespinst auf ihrem Kopf sah wie schwarze Zuckerwatte aus.

Aus dem Lautsprecher kam die Ansage, daß wir in wenigen Minuten in Langres halten würden. Zwei Minuten Aufenthalt.

»Was? Vesoul schon vorbei?« fragte Edit, plötzlich beunruhigt. »Und wir haben es gar nicht gemerkt? Ich werde wieder ins Abteil zurückgehen. Mein Marzipan!«

7

Der Zug hatte sich in Vesoul mit Soldaten gefüllt. Auf meinem Platz saß ein junger Mann mit Walkman und Stiefeln, den wir verjagten. Dabei brach sich Edit einen langen roten Fingernagel ab.

»Ich möchte mal wissen, was die im Kopf haben«, sagte sie ärgerlich. »Die können doch lesen! Die sehen doch, daß hier reserviert ist!«

»Er dachte sicher, wir wären nicht gekommen.«

»Ach, die denken gar nichts. Nur Musik hören, das können sie.«

Das Marzipan war noch da. Die Tasche schaukelte leise auf dem Glasbrett über dem Kopf des Geschäftsmannes. Aus ihrer Stofftasche unter dem Sitz holte Edit einen kleinen Beutel mit Reißverschluß hervor und fing an, ihren Nagel zu restaurieren.

»Solche Nachlässigkeiten schätzt Jean-Luc gar nicht«, sagte sie. »Laufmaschen, Schminkflecken, das irritiert ihn maßlos…«

Sonderbar. Edit hatte eine Plapperstimme und eine normale Stimme. Man wußte nicht, wann sie die eine, wann die andere verwenden würde. Ich betrachtete den Hügel und die tief eingeschnittene Stadt auf der anderen Seite. Plötzlich fiel mir ein, was ein bekannter Dichter über Langres geschrieben hatte. Natürlich! Dies war Fontanes Bahnhof. Als Kriegsgefangenen hatte man ihn hier an einem heißen Oktobertag vom Bahnhof quer durch die Stadt zu Fuß zur Festung geschafft. Seine Bewacher hatten ihm gestattet, den Berg in so vielen Etappen zu nehmen, wie er mochte. Sie gaben ihm auch zu trinken. Warum aber – so der Stoßseufzer des Fünfzigjährigen – lagen die Gefängnisse in Frankreich immer am andern Ende der Stadt? So daß man stundenlang durch die Hauptstraße Spießruten laufen mußte?

Der Zug fuhr an.

Edit feilte an ihrem Nagel. »Lucien war als Kind sehr eigensinnig«, sagte sie. »Er machte keine Szenen, aber was er nicht wollte, das tat er nicht. Abgesehen davon war er sehr aufgeschlossen und den Menschen zugewandt. Wir hatten ein gutes Verhältnis.«

»Was haben Sie denn gemacht, wenn er etwas nicht wollte?«

»Geschrien hab ich! Zum Glück muß man sich

in Frankreich in dieser Beziehung keinen Zwang antun. Ich sah die Mütter von Luciens kleinen Freunden schreien und toben. Sie stampften mit den Füßen und kreischten und verhängten lächerliche Strafen, ganz anders, als ich es von zu Hause gewohnt war. Am Anfang fiel es mir schwer, diese Strafen auch durchzuhalten. Drei Tage Hausarrest, eine Woche Fernsehverbot, ach, es erschien mir so langweilig, und auch so unpraktisch! Und im Grund haben Lucien und ich uns so gut verstanden, daß es gar nicht nötig war. Ich habe ihn niemals geohrfeigt, obwohl die anderen Mütter um uns herum unentwegt zuschlugen, wie die Katzenmütter. Oder die Italienerinnen.«

Edit sah im Geist die Szenen vor sich.

»Das einzige Mal, daß ich ihn doch geohrfeigt habe, war in Lindau. Lucien hatte etwas so Schreckliches gesagt... Mein Vater hatte vor vielen Jahren Anfälle von Verwirrung, es war der Grund, warum meine Eltern schließlich in das Stift übersiedelt sind. Er war wochenlang verwirrt und hat niemanden erkannt. Dabei war er eigentlich nicht krank, er lag nicht im Bett, aber es war herzzerreißend zu sehen, wie er die Orientierung ganz verloren hatte. Er fragte meine Mutter, wer *diese Leute* seien, die zu Besuch gekommen waren! Wer *Medi* sei – ich war den Tränen nahe! Meine Mutter völlig verzweifelt! Und wissen Sie, was Lucien sagte? Er sagt ungerührt: Es macht mir nichts aus, daß Großvater mich nicht erkennt. – Das fand ich einfach niederträchtig.«

»Aber ...«

»Es war ihm einfach egal ...«

»War es ihm egal? Oder machte es ihm nichts aus?«

»Pardon?«

»Wollte er damit nicht sagen, er liebe ihn trotzdem – auch wenn ihn der Großvater gerade nicht erkannte? Das ist doch ein ganz rührender Ausspruch.«

Edit erstarrte auf ihrem Sitz. Aber nur einen Augenblick lang. »Nein, es war grob, in der Art von ›Macht mir doch nichts aus‹ ...«

»Trauen Sie Lucien einen solchen Spruch zu?«

»Ich habe es doch gehört!«

Plötzlich erschien mir alles so flüchtig. So vergeblich. Das ganze Miteinander-Reden, -Leben, -Argumentieren, Tag für Tag.

»Hat er sich nicht verteidigt?«

»Nein.«

Unangenehme Erinnerungen beschlichen mich. Doppelsinn und Mißverständnis. »Wie kannst du so etwas sagen! Du, bei deinem Sprachgefühl!« Berufung zwecklos. Die gekränkte Freundin, die ihrem Sohn eine runterhaut, der ihr gerade etwas Nettes gesagt hat. Falsch verstanden. Falsch angekommen. Berufung zwecklos.

»Jede Ohrfeige zehn Jahre Haß«, murmelte ich.

»Ist das ein Sprichwort?« wollte Edit wissen.

»Nein – nichts dergleichen. Es wird hier sicher anders empfunden. Diese katzenhaft zuschlagenden Mütter und Väter kenne ich auch. Jede Flußwiese im Sommer ein einziges Gebrüll. Das ganze Land müßte sich ja hassen, wenn es so schlimm wäre.«

»Er hat bei meinen Eltern am Bodensee gewohnt, wissen Sie«, sagte Edit. »Fast ein ganzes Jahr lang. Er hatte ein besonderes Verhältnis zu ihnen. Es durfte ihm nicht plötzlich nichts ausmachen...«

»Warum hat er bei ihnen gewohnt?«

»Es war die einzige Art, ihm Deutsch beizubringen. Er wollte ja nicht Deutsch lernen. In meiner Verzweiflung habe ich ihn mit vierzehn für ein Jahr an einem deutschen Gymnasium angemeldet. Er wohnte bei einer Familie in der Stadt. Am Wochenende fuhr er zu meinen Eltern hinaus nach Kreßbronn.«

»Mit vierzehn?«

»Er war mir sehr dankbar. Hinterher konnte er Deutsch.«

Allmählich begann ich, der Wahrsagerin recht zu geben. Edit war zwischen zuviel und zuwenig Liebe eingeklemmt. Aber warum?

»Natürlich dachte ich dabei auch an meine Mutter«, sagte Edit. »Sie hatten ja kaum etwas von ihrem Enkel, der sich nicht einmal mit ihnen unterhalten konnte. Sie lebten dort ganz allein im Ruhestand. Das war ich ihnen einfach schuldig.«

Sie hatte die Provinzzeitung aus dem Speisewagen mitgenommen und blätterte sie durch.

»Nichts als Mord und Totschlag«, sagte sie kopfschüttelnd. »Inzest in Besançon, Kindesmißhandlung in Vesoul, Mann ersticht Cousine in Metz, nachdem er sie vergewaltigt hat, ein zweiter Mann schaut zu – all dies auf einer einzigen Regionalseite. Ich bin froh, daß ich es nicht jeden Tag beim Frühstück lesen muß.«

Aber da ist doch eine Parallele, wollte ich sagen. *Sie* haben Lucien verstoßen, als er vierzehn war, und er hat Sie verstoßen, als er volljährig war. Statt dessen zitierte ich: »I don't want this muck coming to my apartment.«

»Wer sagt das?«

»Jemand, der in New York eine Transvestitenschule leitet. Er wurde gefragt, warum er keine Tageszeitung liest. Ich fand die Begründung so komisch, daß ich sie mir gemerkt habe.«

»Immerhin ist hier ein Horoskop drin«, sagte Edit triumphierend. »Also los. Was sind Sie? Ich bin Widder.«

Mit ihrem langen roten Nagel fuhr sie die Spalte hinunter.

»Das ist aber sehr merkwürdig. Sie werden natürlich wieder von Zufall sprechen! Hier, lesen Sie!«

Ich las. *Sie zögern zuviel und verlieren wertvolle Zeit. Alles ist viel einfacher, als Sie denken.* Das war mein eigenes Horoskop. Im Sektor Gefühl war es *die Geste, die mehr zählt als das Ergebnis*, und meine Verfassung war *ein bißchen müde.*

»Na? Wie finden Sie es?«

Ich fand es sehr allgemein. Edit ihrerseits war angesprochen worden mit: *Nehmen Sie sich Zeit zum Nachdenken, denn die Informationen, die Sie bekommen, stürzen Sie in Zweifel.*

»Ein sehr guter Ratschlag«, sagte ich, »aber er steht im Sektor Beruf.«

»Familie ist mein Beruf«, sagte Edit todernst.

»Und kein Wort von der blutigen Nase.«

»Ach, Sie glauben einfach nicht daran.«

Edits Gefühlsbereich war so gehalten, daß man der Astrologin Madame Alazard nur zustimmen konnte. Es war *nützlich, miteinander zu reden,*

Gedanken auszutauschen und zu kommunizieren, aber dazu muß man aus seinem Schneckenhaus heraus. Darüber hinaus war Edits Allgemeinverfassung *ziemlich gut.*

Ich strich die Zeitung glatt, faltete sie zusammen und las in der Zeile über dem Strich, daß die tiefste Temperatur, die man an diesem Tag in den vergangenen hundertfünfzig Jahren gemessen hatte, 3,2 Grad Celsius betrug. Die höchste lag bei 28,8 Grad. Fontane hatte nicht übertrieben, es gab glutheiße Oktobertage, und wieder sah ich die Ersteigung des Festungsbergs in Langres vor mir. Fontane war in Domrémy genau in dem Augenblick als preußischer Spion verhaftet worden, als er mit seinem Regenschirm die Statue der Jungfrau von Orléans abklopfte, ob sie aus Gips oder aus Bronze sei. (Sie war aus Bronze.)

Ich gab Edit die Zeitung zurück, obenauf das Bild mit den vier Flics, die die zwei Kinder im Buggy bewachten.

Als ich es noch einmal sah, wurde mir plötzlich klar, was Edit daran so gefesselt hatte: die unerwartete Abbildung ihrer Situation. Die Flics wollten ihr nichts bringen, sie waren im Gegenteil dazu angeheuert worden, sich zwischen sie und ihre Enkelkinder zu stellen. An allen vier Ecken.

Jemand hatte mit dem Anschein des Rechts

eine juristische Barriere errichtet, und sie war überrascht, deren Sinnbild in der Zeitung zu finden.

»Mit welcher Begründung hat er Ihnen eigentlich den Kontakt zu Ihrer Enkelin untersagt?«

»Mit gar keiner«, sagte Edit. »Als Großmutter habe ich keinen juristischen Anspruch auf den Umgang mit meinen Enkeln. Man kann ihn mir ohne Begründung untersagen. Das hat er getan. Ganz schön hart, nicht?«

»Lesen Sie auch manchmal das Horoskop von Lucien?« fragte ich.

»Ja, immer. Es ist dasselbe wie meines. Dieselbe Dekade.«

Merkwürdig, die Spiegelung. Was für sie galt, galt auch für ihn.

»Edit«, sagte ich, während verschiedene Anzeichen darauf hindeuteten, daß wir demnächst in Chaumont halten würden, »ich muß Ihnen etwas gestehen. Bitte nehmen Sie es mir nicht übel – ich hätte es vielleicht schon früher erwähnen sollen. Georg – Sie haben ja das Foto gesehen – also, Georg hat den Kontakt zu *seinen* Eltern vor fünfundzwanzig Jahren abgebrochen. Vollständig abgebrochen. Ich habe seine Eltern nie gesehen. Unsere Kinder haben ihre Großeltern nie gesehen. Und umgekehrt.«

Edit erstarrte in der Bewegung. Sie schien wie festgefroren und drehte langsam den Kopf. Ich spürte, wie sie innerlich von mir abrückte.

8

Ich muß sagen, Edit war fair. Weder bestürmte sie mich mit Fragen, noch ließ sie mich einfach abblitzen. Sie schaute nur aus dem Fenster auf den unbelebten Bahnhof und fragte: »Waren Sie schon mal in Chaumont?«

»Nein«, sagte ich.

»Ich auch nicht«, sagte sie.

Gemeinsam dachten wir über Chaumont nach. Als Ergebnis dieser Bemühungen fiel mir der Herr mit der Visitenkarte und dem dämonischen Blick ein.

»Mir wurde mal jemand aus Chaumont vorgestellt«, sagte ich. »Chaumont hat angeblich eine komplette Sammlung von Jugendstilplakaten. Überhaupt Plakate. All diese *Jane Avrils* und *Aristide Bruants* und so.«

»Toulouse-Lautrec«, sagte Edit.

Seit Langres hatte ich mit heimlicher Freude auf den grün schwappenden, verspielten Marne-Saône-Kanal geschaut. Der bog jetzt ab. Das heißt, unsere Eisenbahnlinie bog jetzt ab. Aber Kanäle machten Edit melancholisch. Kein Gesprächsstoff.

Was war es, das mich an Kanälen so entzückte, vorzugsweise von der Bahn aus betrachtet? Es mußte etwas mit ihrem Laufstil zu tun haben. Sie hüpften, gingen, drehten sich. Kamen herbeigerannt, bogen wieder ab, zeigten sich kurz durch die Bäume oder flossen breit neben uns her. Es waren Persönlichkeiten mit Stil. Außerdem lächelten sie, aber das kam, weil der Himmel sich in ihren Wellen spiegelte. Sie hatten etwas Geheimnisvolles, niemand schaute ihnen auf den Grund. Sehr oft waren sie plötzlich verschwunden, man wußte nicht, ob sie wiederkommen würden.

»Vielleicht liegt es doch an der Sprache«, sagte ich zu Edit. »Französisch ist Ihre zweite Muttersprache, aber Luciens erste. Vielleicht gab es Mißverständnisse, von denen Sie beide nichts bemerkt haben.«

»Ach, nein«, sagte Edit. »Wenn man so viele Sprachen spricht – Französisch ist sogar meine dritte Muttersprache, aber vielleicht habe ich mein Deutsch verlernt? Tatsächlich benütze ich es nur noch selten...«

Ich protestierte. »Nein, wo denken Sie hin, Sie sprechen hervorragend deutsch. Vielvölkerdeutsch. Ich kann das deutsche Deutsch nicht leiden.«

»Außerdem *weiß* ich, daß er zu mir zurückkommt. Das Wunder wird eines Tages geschehen.«

»Hat Ihnen das die Wahrsagerin erzählt?«

»Nicht direkt. Ich bin selbst drauf gekommen. Ich sehe es an einem Zeichen in meiner Hand. Aber wie ist es bei Ihrem Mann? Hat er Ihnen erzählt, warum? Leben seine Eltern noch?«

Ich bedauerte, die Katze aus dem Sack gelassen zu haben. Arme Edit! Immer hoffte sie noch! Schleppte aufs Geratewohl Marzipan mit sich herum. Obwohl sie das Problem, ohne es zu wissen, selbst benannt hatte: *Er ist wie ich*. Darin lag alles beschlossen. Die gleichen Magnetpole stoßen sich ab. Was sich zu ähnlich ist, verträgt sich nicht. Die Kraft, die einen dabei auseinandertreibt, ist wie ein Naturgesetz. Bei Georg lag der Fall vollkommen anders. Sein Hauptgrund war die späte Scheidung seiner Eltern gewesen, beziehungsweise die Streitereien, die vorausgegangen waren.

»Jaja, sie leben noch. Sie sind nicht einmal alt, weil sie sehr jung geheiratet haben. Irgendwann verstanden sie sich nicht mehr und fingen an, rücksichtslos zu streiten, als Georg ungefähr sechzehn war. Das fand er so schrecklich, daß er nach einiger Zeit wegging.«

»Und dann?«

»Er ging einfach weg. Er nahm nichts mehr von den Eltern an, finanzierte seine Ausbildung selbst, und das einzige, was ihm schlaflose Nächte bereitete, war seine jüngere Schwester. Er hatte das Gefühl, das Kind im Stich gelassen zu haben. Sie war zwölf oder dreizehn, als er ging, und als Entschuldigung führte er an, daß er einfach nicht anders konnte. Die Schwester hat aber, trotz Scheidung und Gezänk, ein sehr gutes Verhältnis zu Vater und Mutter, woran man wieder einmal sehen kann, wie verschieden Geschwister sind. Wie unterschiedlich sie reagieren. Heute legt diese Schwester, wenn wir sie besuchen, ganz unauffällig die neuesten Fotos ihrer Eltern in der Wohnung aus. Meist auf dem Fernseher. Ich weiß also, wie meine Schwiegereltern aussehen. Nur gesehen habe ich sie noch nie. Mit Georg muß man in der Beziehung vorsichtig sein. Er ist sehr explosiv.«

»Spricht er manchmal über seine Eltern?«

»Er verübelt ihnen nichts. Alles, was vor dem großen Streit war, hat er in guter Erinnerung. Ich glaube, er hat eine Schwäche für seinen Vater. Tatsächlich sieht der alte Georg auf den Fotos recht imposant aus. Hakennase, blaue Augen…«

»Würden Sie ihn nicht gerne kennenlernen?«

»Doch. Aber da ist nichts zu machen. Immerhin

hat Georg seinem Vater, als der vor ein paar Jahren operiert werden mußte, auf strikten Befehl der Schwester einen Brief ins Krankenhaus geschrieben. Er wünschte ihm alles Gute und betonte, daß er nichts gegen ihn habe. Er lud ihn ein, uns zu besuchen.«

Edit war von diesem Fall gepackt. »Und? Hat er reagiert?«

»Ja. Nach der Operation schrieb der Vater zurück, es gehe ihm jetzt wieder recht ordentlich, aber er verabscheue Reisen. Ein sehr freundlicher Brief. Das Komische ist, ich hatte immer den Eindruck, daß zwischen den beiden alles in Ordnung ist. Sie respektieren sich aus der Ferne.«

»Männer!« rief Edit und nahm die Spur auf. »Wie bei Jean-Luc. Sie halten zusammen. Sie vermissen nichts. Aber die Frauen müssen es ausbaden.«

»Die ganze Sache wäre wirklich traurig, wenn Georg das einzige Kind wäre«, versuchte ich zu erklären, »und unsere Kinder die einzigen Enkel. Aber so ist es nicht. Georgs Schwester lebt ganz in der Nähe meiner unbekannten Schwiegereltern und hat tüchtigerweise sogar vier Kinder. Das muß reichen.«

Wahrscheinlich fand Edit meinen Standpunkt abscheulich.

Ich schaute zum Fenster hinaus und überlegte, was ich ihr noch erzählen konnte. Daß ich mit dieser Art der Aufteilung nicht unzufrieden war. Daß unsere Kinder meine Eltern als Großeltern betrachteten. Daß ich zuviel familiäres Getue genauso verabscheute wie Georg. Daß eine fernöstliche Weisheit besagt, die sicherste Form der Konfliktlösung führe durch eine Tür.

Draußen zog das leere grüne Land vorbei. Weiden, Äcker, Wälder. Ich ging der müßigen Frage nach, wann der französische Landwirt arbeitet. Man sah ihn nie. Die Felder waren immer bestellt. Außer ein paar einsamen weißen Rindern oder einem am Feldrand abgestellten Traktor ließ sich niemand blicken.

»Der alte Georg muß ein Original sein«, fing ich wieder an. »Er stammt aus einem kinderreichen Haus. Seine Mutter spielte gerne Karten und besaß vierundzwanzig Kochtöpfe, ganz ungewöhnlich für eine arme, anarchistisch angehauchte Familie. Aber es kam daher, daß ihr während des Kartenspiels häufig das Essen anbrannte. Weil sie Topfkratzen haßte, stellte sie die Gefäße hinaus in den Regen. Eine bewährte Einweichmethode.«

»Oho«, sagte Edit, »das sollte ich mir mal erlauben.«

»Der alte Georg lernte ziemlich früh ein Handwerk, Bilder-Rahmen und Vergolden. Das konnte er gut. Er war der beste Bilderrahmer weit und breit – sagt Georg junior. Leider mußte er mit Anfang zwanzig schon eine Familie ernähren und behielt immer den Drang zum Höheren. Nach einiger Zeit fing er an, Bilder zu malen. Er malte Segelboote im Abendrot, Zigeunerinnen und Alpenmühlen. Wieder nach einiger Zeit versuchte er sich als Einzelhändler und eröffnete ein Haushaltswarengeschäft mit dem Namen ›Wandschmuck‹. Ich glaube, ich hätte mit dem alten Georg viel Spaß. Er lebt heute zeitweise auf einem Hausboot.«

»Und die Mutter?« fragte Edit. »Die wird die Sache nicht so gelassen hinnehmen. Mütter und Söhne haben ein besonderes Band.«

»In diesem Fall eins der Abneigung. Ich habe mir die Fotos von Georgs Mutter genau betrachtet. Die beiden sehen sich ähnlich, als wäre er ihr aus dem Gesicht geschnitten. Ich konnte nie verstehen, wieso Georg für diese ihm so ähnliche Mutter keine Zärtlichkeit empfand.«

»Beschimpft er sie?«

»Nicht direkt… Wenn er von ihr redet, dann im Zusammenhang mit absurden Vorwürfen wie: Sie hat zuviel staubgesaugt. Aber ich glaube, das ist nur vordergründig.«

»Also steckt etwas dahinter.«

»Er erzählt nicht viel. Es sind Splitter, die ich nicht zusammensetzen kann, sondern nur in neutrale Masse betten wie bei einem großen zerstörten Mosaik. Sie verteilen sich willkürlich über die Fläche...«

»Ach, kommen Sie...« sagte Edit. »Ich identifiziere mich schon nicht mit dieser Frau.«

»Wenn sie nicht staubsaugte, bügelte sie, und er konnte den trockenen heißen Wäschegeruch nicht vertragen. Sagt er. Na ja, diese Dinge sind sehr bestimmend. Ich mochte den Geruch von Schneiderkreide nicht. Wahrscheinlich hat Lucien auch so etwas.«

»Fensterputzmittel«, sagte Edit. »Aber das betrifft die Putzfrau, nicht mich.«

»Dann wieder saß Georg unter dem Küchentisch und hörte, wie seine Mutter mit ihren Nachbarinnen angeregt flüsterte. ›Aufgeschnitten und gleich wieder zugenäht.‹ Oder: ›Sie hat es mit den Drüsen...‹ Immer, wenn er seine Mutter zitiert, hört man die Stimme des Volkes. Ich glaube, sie hat etwas an sich, das er einfach nicht vertragen kann.«

»Was macht er beruflich?«

»Er ist Linguist.«

»Das Aussehen sagt nämlich gar nichts.«

»Außerdem war die Mutter prüde. Beim Anblick der molligen vierjährigen Schwester im Schwimmbad fragte er interessiert: ›Kriegt sie schon einen Busen?‹ Daraufhin ohrfeigte sie ihn. Die fünfziger Jahre eben.«

»Ich finde das ungerecht«, sagte Edit. »Die Erinnerung von Kindern ist so unzuverlässig! Die ganze Zeit bemüht man sich und hat es doch nicht in der Hand. Ich kann nur hoffen, daß sie es später mit ihren Kindern genauso erleben.«

Wir rollten durch das leere Nachmittagsland. Die meisten Mitreisenden hingen inzwischen schlafend in ihren Sitzen und ließen sich durch nichts mehr wachrütteln, auch nicht von der Durchsage zum Angebot des Speisewagens.

»Hat er nie Gewissensbisse? Macht er sich nie Vorwürfe? Daß die Zeit verstreicht, bis sie sterben, ohne daß er sich mit ihnen versöhnt hat?«

»Doch.«

»Aber?«

»Dieser Impuls reicht nie aus.«

»Und wenn die Eltern im Sterben lägen?«

»Ich habe nicht die geringste Ahnung, ob er dann hinfahren würde. Ich glaube nicht.«

»Das ist monströs!« flüsterte Edit. Unwillkürlich paßte sie ihre Lautstärke der schlafenden Umgebung an. »Das ist unmenschlich.«

»Ich dachte immer, es müsse mit bestimmten

Bemerkungen zusammenhängen, die er nicht vergessen kann.«

»Welchen?«

»Bei der Mutter weiß ich es… Aber sein Vater war auch nicht zimperlich. Vom alten Georg stammt der Ausspruch: Du bist schuld! Wenn du nicht zur Welt gekommen wärest, würde ich nicht an dieser Frau festsitzen…«

Edit zuckte unbehaglich mit den Schultern.

»So im Zorn dahingesagt… Warum kann er es nicht einfach vergessen?«

»Er vergißt es ja. Indem er die Beziehung stilllegt. Das ist seine Art.«

Edit schwieg.

Meine unbekannte Schwiegermutter stand mir plastisch vor Augen. Rundlich, begehrlich, neugierig, mit blanken kastanienbraunen Augen. Wollte ich sie kennenlernen? Nein. Wollte ich kostbare Zeit mit ihr vergeuden? Nein. Wollte ich überhaupt eine Schwiegermutter haben? Ich betrachtete Edit von der Seite. Lieber nicht.

»Für Sie ist alles ganz bequem, oder nicht?« fragte sie gerade.

»Ja. Sehr bequem. Keine Kämpfe, keine Verletzungen. Ich sage ja, es war das Gezänk, das ihn so fertigmachte. Wissen Sie, was seine Mutter zu seiner Freundin sagte, als er sie zu Hause vorstellte? Hier ist kein Bordell, wir brauchen keine Nutte. Daraufhin zog er aus. Für immer.«

Edit sah vor sich hin. Langsam stieg ihr das Blut ins Gesicht. Sie wurde wahrhaftig feuerrot.

9

Kurz hinter Troyes wurde Edit unruhig und versuchte, an ihr Marzipan heranzukommen.

Der Geschäftsmann und der Araber schliefen mit geneigten Köpfen. Über ihnen ruhte, halb von Mänteln und Zeitungen verdeckt, die pralle grüne Tasche.

»Wie haben Sie sie eigentlich hinaufbefördert?« fragte ich.

»Ein junger Mann hat mir geholfen«, sagte Edit und erhob sich halb vom Sitz, um über die Lehne zu schauen.

»Er ist noch da«, sagte sie, »aber er schläft. Was mach ich nur? Ich habe Hunger!«

»Gehen wir noch einmal in den Speisewagen«, schlug ich vor.

»Nein. Ich will mein Marzipan«, sagte Edit.

Gut anderthalb Stunden vor Paris sah ich manchmal eine bestimmte Form am Fenster vorbeihuschen. Etwas Helles, Eckiges – ein Haus.

Hecken, Bäume, ein Tor. Wir hatten längere Zeit kein Haus mehr gesehen. In Gedanken erschien eine große Scheibe vor mir, an deren Rand wir uns befanden. Eine tiefgezogene Ebene, in der es sommers wie winters ein paar Grad wärmer war als im Rest des Landes, wo das Frühjahr früher blühte und der Herbst weiter fortgeschritten war – das Pariser Becken. Aus dem Fenster sah man die Seine und ihren Kanal.

»Was ist eigentlich ein Linguist?« fragte Edit.

»Ein Sprachwissenschaftler. Er untersucht, wie Sprache funktioniert. Wie Sprachen funktionieren. Gesprochene Sprache.«

»Ein Rhetoriker?«

»Nein... oder ja, Georg ist tatsächlich beides. Linguist und Rhetoriker.«

»Und er hört seine Mutter noch reden?«

»Oh, ja.«

»Dann muß sie eindrucksvoll gewesen sein.«

»War sie auch. Ich wünschte manchmal, er würde ein Wörterbuch anlegen.«

»Was zum Beispiel?«

»Ach, solche Sprüche... Wenn ihr Mann nicht mit ihr spazierengehen wollte, sagte sie: Muß ich wieder alleine losziehen – wie eine unbestorbene Witwe?«

»Hab ich noch nie gehört«, sagte Edit.

»Ich auch nicht. Na ja, ich finde es interessant und originell, aber ich habe nicht mit ihr gelebt. Zweimal so ein Spruch, okay, aber zweihundertmal? Zweitausendmal? Man weiß im voraus, wann er kommt, vor allem, was danach kommt...«

»Jetzt ist er aufgewacht«, sagte Edit. »Der junge Mann. Ich frage ihn mal.«

Sie blieb diskret, fast zärtlich neben seinem Sitz stehen.

Schade, daß sie nicht länger getanzt hat, dachte ich. Andrerseits, was hat man vom Tanz? Einsamkeit und verkrüppelte Füße. Ich erinnerte mich an einen Film über den alten Nurejew, der verbissen in einem großen Saal an einer Stange Figuren übte.

Der junge Mann erhob sich benommen halb aus dem Sitz. Wie bitte? Was wollte sie? Edit zeigte auf die Gepäckablage. Er verstand. Der Geschäftsmann erwachte in seiner Fensterecke und sah mißtrauisch nach oben. Jemand angelte über ihm nach einem Gegenstand. Edit stellte sich zur Unterstützung pantomimisch auf die Zehenspitzen.

Zack, kam die Tasche heruntergedonnert.

Der junge Mann ging fast in die Knie und entschuldigte sich höflich. Wohin mit der Tasche? Gehorsam schleppte er sie zu unserem Platz.

Edit bedankte sich und manövrierte die pralle grüne Hülle zwischen unsere Sitze. Dann setzte sie sich zufrieden und öffnete den Reißverschluß. Die Tasche war mit einem glänzenden Stoff gefüttert. Die Marzipanlaibe schimmerten wie Goldbarren.

»Das Rheingold«, sagte ich.

»Ich denke immer an das Abendmahl«, sagte Edit, »ich weiß nicht, warum. Leib Christi, Hostie, ich kenne das nicht, aber ich stelle es mir so vor.«

Die Barren waren in Goldstanniol und Cellophan verpackt und mit einer glänzenden Oblate beklebt.

»Fast zu schade, um sie aufzureißen«, sagte ich.

»Sie haben auch kein Messer dabei, oder?«

»Nein.«

Edit unterzog die umsitzenden Herren einer kurzen Prüfung und sagte: »Ich werde eines aus dem Speisewagen holen.«

Sie verschwand und ließ mich mit ihrer Beute allein. Als sie wiederkam, hatte sie die Lippen frisch geschminkt.

»Hier. Erst wollte er mir ein Messer mit Zackenschliff geben.«

Sie begann, einen Barren auszuwickeln. Dann schnitt sie die Kuppe ab und zerlegte den Laib anschließend in schmale Scheiben.

»Eigentlich mag ich kein Marzipan«, sagte ich.

»Probieren Sie es. Wenn Sie bisher keines mochten, nach diesem hier wird man süchtig.«

»Aber es macht Durst.«

»Wenigstens eins.«

Sie spießte eine Scheibe auf die Messerspitze. Ich gehorchte.

»Haben Sie keine Angst, daß Ihre Kinder Ihnen später Vorwürfe machen?« wollte Edit wissen.

»Was für Vorwürfe?«

»Jeder Mensch will doch wissen, von wem er abstammt. Aber Sie enthalten Ihren Kindern zwei Großeltern vor und behandeln diese Leute wie Gestorbene zu Lebzeiten.«

»Dafür gibt es einen Ausdruck«, sagte ich. »Für Georg *sind* sie gestorben. Und Vorwürfe kriegt man später sowieso.«

»Aber sie werden Ihnen sagen: Warum sind wir nicht wenigstens einmal hingefahren?«

»Einmal nützt ohnehin nichts.«

Edit schüttelte den Kopf über soviel Verstocktheit.

Was für ein sonderbares Bild. Eine, die ihre Nebensitzerin mit aufgespießten Marzipanscheibchen füttert und dabei argumentiert. Edit vertrat die menschliche Position. Aber sie sprach für sich selbst, das erregte einen gewissen Widerwillen in mir. Georg und Lucien waren erwachsene Menschen, die einen Entschluß gefaßt hatten. Man mußte diesen Entschluß respektieren. Sie schädigten damit niemanden. Sie entzogen niemandem ihre Arbeitskraft, verließen keine hilflosen Kinder, brachen keine Versprechen. Sie waren auch nicht einfach verschwunden, ihr jeweiliger Wohnort war bekannt, sie standen im Telefonbuch. In Georgs Fall gab es sogar eine Verbindung – die Schwester, die wahrscheinlich für ihre Eltern die neuesten Fotos von uns genauso in der Wohnung auslegte wie umgekehrt, oder sie ihnen ganz offen zeigte. Das einzige, was verweigert wurde, war der direkte Kontakt.

»Ich furchte, damit muß man sich leider abfinden«, sagte ich.

Edit sah nicht so aus, als ob sie das täte. Sie putzte sich die Finger mit einem Taschentuch ab und hielt mir unvermittelt den Handteller hin.

»Soll ich sagen, warum ich glaube, daß er zu mir zurückkommt?«

»Warum?«

»Hier.«

Sie deutete auf die Handwurzel, auf eine dem Daumen gegenüberliegende Stelle.

»Als junges Mädchen war ich mit meiner Tante einen Sommer lang auf Capri. Wir wohnten in einem Hotel oder einer Hotel-Pension in der

Nähe von San Michele. Diese Insel gefiel mir, besonders bei Regen. Die Hotelbesitzerin war eine dicke katzenartige Frau, die ebensogut in einem Kurort am Spieltisch hätte sitzen können. Handlesen war ihr Hobby; sie machte es nicht beruflich, nur wenn sie Lust dazu hatte. Denn sie hatte die Gabe. Ich wußte davon nichts, als sie eines Nachmittags bei strömendem Regen meine Hand packte, sie aufmerksam studierte und mir dann eine große Reise prophezeite.«

Ich sah Edit von der Seite an und mußte lachen.

»Geschenkt«, sagte sie. »Zufällig lag nicht nur die Rückreise vor mir, sondern eine wirklich große Reise. Ich fuhr für sechs Wochen in die Vereinigten Staaten. Aber weiter. Sie interessierte sich dann für allerlei, für den Apollobogen hier oben, der den Ringfinger mit dem Zeigefinger halbkreisförmig verbindet und etwas über die künstlerische Ader aussagt. Wo ist er übrigens? Er ist verschwunden.«

Edit drehte die Hand hin und her und hielt sie schräg ans Fensterlicht.

»Ganz schwach ist er noch sichtbar. Dabei war er mal sehr stark.« Sie kontrollierte die andere Hand und schüttelte den Kopf.

»Aber dann richtete sie ihre Aufmerksamkeit hier unten auf dieses große x dicht über der Handwurzel. Sie bezeichnete es als *croix de mariage* und fand, es sei sehr ausgeprägt. Ich lachte sie aus und sagte, daß ich nie heiraten würde. Sie meinte, das wisse sie besser, und ich solle ihr eine Postkarte schicken, wenn es soweit sei. Das haben wir übrigens auch getan. Jedenfalls hat mich dieses Kreuz in der Folge sehr beschäftigt. Viele Jahre lang. Mir gefiel kein Mann, und wenn ich dieses x anschaute, dachte ich, eines Tages kommt er doch, der dir gefällt. Es war wie ein Trost. Es ist auch nicht schwächer geworden, seither. Dann, vor ungefähr zehn Jahren, ging Lucien weg. Und sehen Sie, was hier über dem x erschienen ist.«

Ich studierte Edits ausgestreckte Hand. Da lag, fast parallel und nur leicht gedreht, ein zweites großes x.

»Noch ein Hochzeitskreuz«, sagte ich.

»Das bedeutet, daß er zu mir zurückkommt.«

»Ihr Sohn?«

»Ja.«

»Aber…«

»Sie wollen doch sicher nicht annehmen, daß ich noch einmal heirate.«

»Strenggenommen…«

»Nein. Es ist Lucien.«

In diesem Punkt war sie bestimmt.

»Aber wenn Sie damit zu einer Handleserin gehen, was würde die Ihnen wohl sagen?«

Edit schaute mich einen Augenblick lang irritiert an. Die Möglichkeit einer anderen Auslegung gefiel ihr nicht.

»Nein«, sagte sie endlich. »Das verstehen Sie nicht. Es gibt eine innere Gewißheit. Die habe ich. Sie wird von diesen Linien nur verstärkt.«

»Sprechen Sie denn dieselbe Sprache?«

»Sie meinen jetzt nicht Französisch oder Deutsch?«

»Nein.«

Edit sah aus dem Fenster. Die Landschaft glitt ruhig vorbei. Nur die Häuser hatten etwas Ungeordnetes. Es wurden langsam mehr. Wie Würfel aus einem großen ledernen Becher lagen sie verstreut. Scheinbar zufällig und endgültig, aber man konnte jetzt schon sehen, daß sie sich immer dichter zusammenklumpen würden, je weiter wir uns in Richtung Zentrum bewegten. Sie waren geladen wie Feilspäne. Nach einer Weile hielt Edit wieder ihre Hand vor die Augen und sagte: »Merkwürdig, daß Linien neu entstehen, nicht wahr?«

Haut ist geduldig. Und die menschliche Bereitschaft zu glauben ist noch erstaunlicher. Die Menschen glaubten einfach alles, wenn es nur mit ihnen zu tun hatte. Die Religionen waren abgenutzt, der Himmel war leer, die Zeit der Orakel war angebrochen.

»Wissen Sie, was ich glaube...« fing ich an, »Georg und Lucien haben nicht so sehr eine Person verlassen als ein Milieu.«

»Ein Milieu?«

»Georg erträgt die gewöhnliche Art, zu denken und zu sprechen, nicht. Durch irgendeinen Zufall ist er nicht gewöhnlich. Die Sprache seiner Eltern und deren Verwandten und Bekannten stieß ihn ab. Erinnern Sie sich an seine Freundin? Die von seiner Mutter mit ›Nutte‹ tituliert wurde? Sie kam aus einer ländlichen Großfamilie. Ihren eigenen Eltern erging es nicht besser. Georg kam anfangs ganz gut mit ihnen zurecht. Aber eines Tages machte der Vater seiner Freundin den Mund auf und sagte: Ja, den haben sie auch zu vergasen vergessen. Georg stand auf, nahm seine Freundin bei der Hand und sagte: Dieses Haus werde ich nie mehr betreten. Damit war der Kontakt zu diesen Leuten ebenfalls abgebrochen. Georg ist in dieser Beziehung von staunenswerter Konsequenz. Und dann hat er zielstrebig einen Beruf ergriffen, in dem man, vordergründig gesehen, gar nicht platt und gewöhnlich reden kann oder darf – die Wissenschaft.«

»Was hat denn das mit unserem Milieu zu tun?«

»Nichts. Aber Lucien könnte sich auf seine Weise genauso unbehaglich gefühlt haben, nein?

Vielleicht war ihm alles zu gesichert, zu... äußerlich vielleicht? Ich kann natürlich nur mutmaßen...«

»Äußerlich? Wollen Sie damit sagen: egoistisch?« fragte Edit.

Ich nickte. Eigentlich gingen meine Vermutungen mehr in Richtung »hohl« oder »förmlich«, aber wenn sie selbst damit ankam...

»Was ist daran egoistisch?« fuhr Edit los. »Wir haben eine Fabrik. Jawohl. Fünfzig Beschäftigte. Was ist daran egoistisch, wenn Jean-Luc und ich uns abrackern, um diese Arbeitsplätze zu erhalten? Den Lebensunterhalt für fünfzig Familien sichern? Das ist mindestens genauso altruistisch oder sozial wie der Arzt, der seinen Patienten fünfzig Mal am Tag auf Kassenrechnung Penizillin verschreibt! Es ist eine durch und durch falsche Sichtweise, diese ewige Verteufelung der Patrons, eine kurzsichtige und schädliche Art, die Dinge zu betrachten, und undankbar obendrein. Aber ja, es ist Mode, so zu denken, und mit Argumenten kann man nicht dagegen aufkommen.«

Ich versuchte abzulenken. »Wer erbt eigentlich die Fabrik, nachdem Lucien Arzt geworden ist?«

»Wir werden sie wohl verkaufen müssen«, sagte Edit einsilbig. »Dabei hätte alles so schön sein können.«

Ich fing ihr Spiegelbild in der Scheibe auf. Ein paar Strähnen hatten sich aus dem schwarzen Haargespinst gelöst. Ihre weit offenen Augen funkelten zornig, der Strich über dem Nasenrücken war dunkel geworden, wie ein Muttermal. Grasbüschel und Sträucher zogen über ihre Haut, Telegraphenmasten flogen vorbei.

Ich mußte plötzlich an den Ausspruch einer ahnungslosen Schwiegermutter denken, einer wackeren Metzgermeistersgattin im Ruhestand, deren Schwiegersohn sich aus finanziellen Gründen umgebracht hatte, weil er eine teure Jagdhütte samt Pacht nicht mehr bezahlen konnte. Erst die Lebensversicherung, die nach seinem Tod fällig wurde, versetzte seine Witwe in die Lage, diese Hütte und den gewohnten Lebensstandard beizubehalten. Nach der Beerdigung fuhren die beiden Frauen zum Jagdhaus hinaus. Dort rang die Schwiegermutter auf einer kleinen Anhöhe die Hände, schaute ins herrliche Abendrot und rief: »Wolfi, ich versteh dich nicht! Alles hättest du haben können! Hier ist es so schön!« Sie verstand es wirklich nicht und blieb lange Zeit ratlos dort oben stehen.

»Vielleicht kommt er genau dann zurück?« schlug ich vor. »Wenn die Fabrik verkauft und dieses Hindernis ausgeräumt ist?«

Edit war meinem Blick gefolgt. Vorsichtig fuhr sie sich über die Haare. Ihre Miene glättete sich wieder.

»Wir haben ihn niemals gedrängt«, sagte sie. »Mit keinem Wort. Jean-Luc war so stolz, als er hörte, daß sein Sohn Arzt werden wollte. Solche Lebensentscheidungen kann man doch nicht beeinflussen. Nein, es hat nichts damit zu tun. Das Ganze bleibt ein Rätsel.«

Nach einer Weile setzte sie hinzu: »Ich muß einfach weiter warten. Wissen Sie, ich habe inzwischen aus dem Warten eine Kunst gemacht.«

10

»Meine Schwiegermutter war immer tadellos«, sagte Edit, während sie das *Magazine* durchblätterte. »Mit einer unglaublichen Haltung. Sie sprach leise und dezent, aber in Wirklichkeit regierte sie alle mit eiserner Hand. Sie regierte ihren Ehemann und Jean-Luc und mich, und ich habe es ertragen, weil ich mir sagte, Edit, schau mal, im Moment geht es nicht anders. Sie hat mich immer respektiert, das muß ich sagen. Das Unangenehmste an ihr war die Korrigiersucht. Das haben fast alle Franzosen. Unerbittlich korrigieren sie bei Ausländern die falschen Artikel und Redewendungen, es ist ihnen überhaupt nicht wichtig, was man sagt, nur daß man es korrekt sagt. Na, ich habe viel gelernt, ich will mich nicht beklagen. Sie verließ uns für immer, als Lucien sieben Jahre alt war. Zehn Jahre später starb auch mein Schwiegervater. Er war jünger gewesen als seine Frau, ein sehr lebenslustiger Mann mit Schnurrbart, und nachträglich habe ich manchmal gedacht, schade, daß er nicht fünf Jahre länger gelebt hat. Denn dann hätte Lucien zu seiner Beerdigung kommen müssen. Ich hätte ihn am Grab seines Großvaters fragen können, was eigentlich los ist. Aber den Gefallen hat er mir nicht getan. Schade.«

Sie blätterte gedankenlos im Heft auf ihrem Schoß und betrachtete die bunten Bilder.

»Aber wir werden ja sehen. Wenn meine Mutter stirbt, spätestens dann kann ich ihm diese Frage stellen.«

Ganz unvermittelt hob sie den Kopf von ihrer Lektüre und sah mich an.

»Lassen wir das Thema. Ich kann an Ihrem Gesicht sehen, was Sie darüber denken.«

»Ich denke gar nichts. Das täuscht.«

»Doch. Sie denken: Die arme Irre, sie ist eine Psychopathin, eine Mörderin, total besessen, idée fixe.«

»Das alles wollen Sie mir am Gesicht ablesen?«

Edit lachte. »Ich habe selten ein so leserliches Gesicht gesehen. Die ganze Zeit über ist mir das schon aufgefallen. Als ob Sie eine gläserne Maske hätten. Jede Regung sieht man. Nicht gut fürs Pokerspiel.«

»Wer sagt Ihnen, daß Sie sich nicht täuschen?«

»Bei so naheliegenden Sachen irrt man sich nicht.«

»Aha! Aber gerade die Evidenz trügt. Sie kann den Keim zu einem Urmißverständnis legen, besonders in der Familie.«

»Warum?«

»Weil man sich da am Tisch gegenübersitzt. Viele Jahre lang. Täglich.«

»Sie meinen…«

»Ich bin erst neulich drauf gekommen. Meine Tochter sagte etwas Alarmierendes. Sie sagte: Beim Essen schaust du mich immer so grimmig an. – Das tat ich gar nicht. Es stimmt, ich sitze ihr an der Breitseite des Tisches gegenüber, aber ehrlich gesagt, ich sehe sie gar nicht. Häufig denke ich über irgendein Übersetzungsproblem nach. Das heißt, ich bin völlig geistesabwesend – was auch nicht gerade nett ist –, aber das arme Kind interpretierte es als aktive Mißbilligung ihrer gesamten Existenz.«

»Gut, daß sie es angesprochen hat!«

»Wir haben uns sofort umgesetzt. Ich habe ihr erklärt, daß ein Mißverständnis vorliegt. Sie hat gemerkt, wie erschrocken ich war, daß es mir mehr ausmacht als ihr selbst… Aber was geschieht, wenn ein Kind nichts sagt? Dann setzt sich ein falscher Eindruck fest. Und alles nur, weil angeblich etwas so evident ist.«

»Lucien haßte den Familientisch«, sagte Edit.

»Mit sechzehn, siebzehn Jahren. Aber ist das nicht normal?«

»Ich weiß nicht. Gehaßt wird meist derjenige, der gegenüber sitzt. Die Männer sitzen seit Jahrhunderten aus irgendeinem Grund an den Schmalseiten der Tische. Ihr Gegenüber ist viel weiter weg. Sie müssen den schwierigen Blick über die kurze Distanz nicht aushalten. Sie werden nicht gehaßt.«

»Eigenartige Theorie. Vielleicht behaupten Sie auch, daß man denjenigen haßt, der kocht?«

»Vielleicht ...«

Edit schlug mit dem Handrücken auf das aufgeschlagene *Magazine*.

»Was mich die ganze Zeit so quält, ist, daß ich keinen vernünftigen Grund für Luciens Verschwinden finden kann. Hier, in diesem Porträt von Mutter und Sohn steht, daß die Mutter den Sohn mit elf Jahren ins Internat geschickt hat, in eine *boarding school*. Das hat dem Sohn zwar nicht gefallen, aber später war sein Verhältnis zur Mutter nur desto besser.«

Sie zeigte mir das Doppelporträt einer Frau mit Sohn in der wöchentlichen Rubrik *Relative Values* (was man vielleicht mit »Familienbande« übersetzen könnte). Der Fotograf hatte Mutter und Sohn Rücken an Rücken gestellt. Die Hinterköpfe schmiegten sich aneinander, blonde und schwarze Haare rieselten ineinander, Nasen wiesen triumphierend rechts und links in die Luft, ein schelmisch lächelnder Janus.

»Eine reiche australische Geschäftsfrau und ihr Sohn«, sagte Edit. »Warum haben die einen ein unzerstörbares Verhältnis, und die anderen nicht? Was ist so schrecklich an mir, daß Lucien mich aus seinem Leben ausradieren muß? Verzeihen Sie, aber wenn ich einmal anfange, darüber zu reden, kann ich nicht mehr aufhören.«

»Mehrere Gründe«, sagte ich hilflos, »es sind immer verschiedene Gründe …«

»Vielleicht habe ich von Anfang an alles falsch gemacht, was man falsch machen kann. Zum Beispiel wollte ich nicht stillen und habe doch gestillt, weil es angeblich das Beste ist. Vielleicht wären wir heute selig und vergnügt, wenn ich ihn damals mit der Flasche gefüttert hätte? Aber wovon soll man sich leiten lassen? Vom Instinkt? Vom Verstand? Vom Gefühl? Alles kann falsch sein. Sogar die Evidenz.«

»Warum schreiben Sie ihm nicht einfach einen Brief?«

»Ich – einen Brief?«

»Natürlich. ›Lieber Lucien, mich quält die Frage, was ich falsch gemacht haben könnte.‹ –

Dann erfahren Sie möglicherweise den Hauptgrund.«

»Er wird nicht antworten.«

»Dann haben Sie es wenigstens versucht. Übrigens glaube ich das nicht. Auf eine ehrliche Frage bekommt man eine ehrliche Antwort. Daß Sie die Antwort mit größter Wahrscheinlichkeit nicht akzeptieren können, steht auf einem anderen Blatt. Nehmen wir an, er antwortet: Was ich niemals verkraftet habe, ist, daß du mich mit vierzehn Jahren ohne Not ins Ausland verfrachtet hast. – Daraufhin würden Sie sofort Ihre Batterien in Stellung bringen. Batterien von Scheingründen. Aber er mußte doch Deutsch lernen! Es war notwendig, weil... Und ehrlich gesagt war es überhaupt nicht notwendig. Es war nur Ihr Wunsch, Ihr Kalkül, Ihre Vision.«

Edit schwieg. Der Gedanke, einen Brief mit lauter alten und eigentlich bekannten Vorwürfen zu bekommen, gefiel ihr nicht. Und recht hatte sie. Was hatte es dem alten Georg genützt, daß sein Sohn ihm geschrieben hatte, es seien die Streitereien gewesen, die vermaledeiten Streitereien, die nicht mehr ungeschehen zu machen waren?

»Und wenn es doch eine Pubertätsgeschichte war?« überlegte ich laut. »Mit vierzehn haben Sie ihn ins Ausland geschickt. Mit sechzehn, siebzehn fing er an, den täglichen Familientisch zu hassen. In diese Zeit fällt auch die Ohrfeige, die Sie ihm verpaßt haben. Wenig später kommen die ersten politischen Differenzen...«

»Aber das ist doch normal«, sagte Edit empört, »jeder weiß, daß dieser Lebensabschnitt kein reines Vergnügen ist. Wir haben ihm ja eine eigene Wohnung angeboten, damit er in Ruhe studieren kann. Normalerweise gehen Kinder mit achtzehn, neunzehn aus dem Haus und kommen am Wochenende mit ihrer schmutzigen Wäsche heim. Das Verhältnis entspannt sich langsam, und alles wird gut.«

»Und wie zog er denn aus?«

»Nicht so, wie wir ihm vorgeschlagen hatten. Er sollte sich eine eigene Wohnung nehmen, tat es aber nicht. Statt dessen zog er von einem Tag auf den anderen zu seiner damaligen Freundin, einer – na ja – einem nicht sehr passenden Wesen. Seither haben wir nichts mehr von ihm gehört. Jean-Luc überwies ihm weiterhin seinen monatlichen Wechsel, das Bankkonto war ja bekannt, ungefähr drei Jahre lang. Danach stellte er die Zahlungen ein, in der Hoffnung, daß Lucien sich melden würde. Aber zu diesem Zeitpunkt hatte er wahrscheinlich schon sein Examen gemacht und verdiente als Assistenzarzt Geld. Oder – ich kann nur spekulieren – er hatte in der Zwischenzeit seine Frau kennengelernt, diese Kinderärztin, die vielleicht schon praktizierte; jedenfalls brauchte er uns nicht mehr. Das ist alles.«

»Und wenn Sie mit dieser Geschichte zu einem Psychologen gingen?«

»Zu einem Psychologen? Einem Analytiker?«

»Ja, was ist daran so komisch?«

»Ich, eine erwachsene Frau, zu einem Analytiker? Das sind doch alles Scharlatane!«

Da war sie wieder: die rätselhafte Heftigkeit. Edit hatte die Worte nicht liebevoll gerundet wie sonst, sondern förmlich ausgespuckt. *Scharlatane*. Aber dem Wahrsager, der Handleserin glaubte sie. Fassungslos betrachtete ich ihre hohe, perfekt gewölbte Stirn. Dahinter verbarg sich eine unerwartete Engstirnigkeit.

»Jedenfalls in Paris«, schränkte sie ein, als sie meinen Blick auffing. »Ich glaube nicht, daß ich von dieser Seite Hilfe zu erwarten habe. Es sind nebulöse Schwätzer.«

»Ich dachte... mehr an einen Familientherapeuten oder so etwas.«

»Nein, nein...«

»Ja, dann bleiben nicht mehr viele übrig. Die Eltern der Schwiegertochter vielleicht? Es wäre möglich, daß er ihnen etwas erzählt hat.«

»Ich soll Fremde über mich aushorchen? Unmöglich, da mache ich nicht mit.«

Ich dachte daran, was Georg mir einmal über den wahren Grund gesagt hatte. Jeder Mensch sei sich selbst gegenüber mit wohltuender Blindheit geschlagen. Denn es ginge nicht so sehr darum, etwas falsch gemacht zu haben, als darum, falsch zu sein. Aber dafür könne der Mensch nichts. Unmöglich könne man von ihm verlangen, daß er sein Wesen plötzlich änderte, nur, weil das eine oder andere Kind ihn gerne anders hätte. Abgesehen davon sei dies auch unmöglich, weil sich Erwachsene von einem bestimmten Zeitpunkt an nicht mehr korrigieren ließen. Sie ertaubten für jede Kritik, überzeugt davon, daß sie auf ihre Art vollkommen wären. »Wie könnte ich meiner Mutter je sagen, mich stört dein gewöhnliches Wesen? Alles, was aus deinem Mund kommt, sind Platitüden, triviales Geschwätz, schreckliche Gemeinplätze? Ich könnte es ihr sagen, aber sie würde es nicht verstehen.«

Und Lucien? Was hatte er grundsätzlich gegen seine Mutter einzuwenden? Was war für ihn so bedrohlich, daß er sich hinter Rechtsanwaltsbriefen verstecken mußte? War sie zu bestimmend, zu manipulierend, zu starrsinnig, zu abergläubisch? Was störte ihn, während es seinen Vater ein Leben lang nicht gestört hatte? Schwer zu sagen. Eigentlich ein Wunder, dachte ich, daß nicht alle Kinder ihre Eltern verließen, sondern sich recht und schlecht mit ihnen vertrugen. Aber es war kein Trost für Edit. Es war eine heillos verfahrene Situation.

11

Die Vororte folgten dichter aufeinander. Ich konnte die vorüberhuschenden Schilder nicht lesen. Edit sah auf die Uhr und begann, den angeschnittenen Marzipanbarren wieder einzuwickeln. Sie leckte die Krümel von den Fingerkuppen und preßte ein Papiertaschentuch zwischen die Lippen. Dann sagte sie einigermaßen aufgeräumt, sie werde jetzt das Messer in den Speisewagen zurückbringen. Sie war ganz geschäftig und munter. Das Pferdchen witterte den Stall.

»Und Sie wissen nicht einmal, ob Sie abgeholt werden?« fragte sie mich besorgt.

»Nein, aber es ist mir egal. Ich nehme in diesem Fall ein Taxi direkt ins Hotel.«

»Ah, für mich wäre es eine Katastrophe! Jean-Luc weiß das. Er ist noch jedesmal gekommen, um mich abzuholen. – Soll ich Ihnen einen Becher Kaffee mitbringen? Mit Milch? Also dann bis gleich.«

Ich streckte die Beine aus, lehnte mich im Sitz

zurück und richtete den Blick auf das Glasbrett über mir. Es spiegelte Hinterköpfe und Gesichter wie ein schmales glänzendes Lesezeichen. Die Gesichter und Köpfe waren ganz still. Sie lasen, hörten Musik, schliefen und zeigten nur durch winzige Bewegungen in unregelmäßigen Abständen, daß sie noch lebten. Gleichzeitig herrschte eine gespannte Atmosphäre, als ob all diese Menschen ihr Bestes gäben, sich hinter ihren Schals, Mänteln, Walkmen, Büchern, hinter geschlossenen Augen und völliger Bewegungslosigkeit zu verstecken, wobei sich ihre Blicke in der Luft kreuzten und eine beredte Sprache führten.

Ich schloß die Augen. Geradezu blitzartig sprang mir Lucien in den Sinn. Er stand in einem dunklen Raum, ratlos und stumm. Ein junger Mann mit einem Geheimnis. Er hielt es wie einen Hut in der Hand. Ich ging im Geist meinen Bekanntenkreis und die weitere Verwandtschaft durch. Sofort fiel mir eine Tante ein, deren Sohn sich nach seiner Hochzeit für immer verabschiedet hatte. Zwei-, dreimal hatte er seine Eltern noch getroffen, dabei mit seiner Mutter kein Wort gewechselt, mit seinem Vater nur das Nötigste. Oder die Tochter einer guten Bekannten: Sie hatte ihre Mutter vom Wochenbett aus wissen lassen, sie wolle in Zukunft vor Einmischung verschont bleiben. Es war bei der Geburt ihres zweiten Kindes, der Kontakt blieb unterbrochen – bis zum heutigen Tag. Überall wurde dies als Makel, als Schandfleck betrachtet, alle hatten, soviel ich sah, ein mehr oder weniger schlechtes Gewissen. Die Eltern unbestimmt und vage (»Zwar wissen wir nicht, was wir falsch gemacht haben – was *haben* wir bloß falsch gemacht?!«), aber die Kinder auf ihre Art nicht weniger, denn eigentlich tat man so etwas nicht. Man brach nicht einfach den Kontakt zu seinen Erzeugern ab, es war hart und gemein – aber es ging nicht anders. Was war daran tatsächlich so schlimm? Würde ich mich so heillos aufregen, wenn meine eigenen Kinder...? Der zwölfjährige Junge fiel mir ein, der sich vor einem amerikanischen Gericht das Recht erstritten hatte, von einer nichtverwandten Familie adoptiert zu werden, womit er seine leibliche Mutter vor den Augen der Nation auf den Müll warf. Ich starrte das Glasbrett an, die Gemeinschaft der auf den Kopf gestellten Menschen. Was hatten wir nur verlernt? Schweigen und stillsitzen konnten wir gut. Aber sonst?

Edit kam zurück und balancierte auf einem kleinen weißen Plastiktablett zwei Becher Kaffee. Sie war bester Laune.

»Ich komme so gern nach Hause«, sagte sie.

»Paris ist ein scheußlicher Steinhaufen, andere Städte sind viel schöner, aber zum Glück wohnen wir etwas außerhalb. In den dreißig Jahren, die ich hier bin, habe ich mich ganz gut eingelebt. Wo man wirklich zu Hause ist, weiß man sowieso nicht. Überall und nirgends. Ist es nicht so?«

Ich nickte. Wir rührten in den Bechern. Im Geist ließ ich die Menschen, die ich kannte, weiterhin Revue passieren. Gab es den umgekehrten Fall? Also Eltern, die den Kontakt zu ihren erwachsenen Kindern abbrachen? Ich dachte lange nach.

»Man lernt zu schätzen, was man hat«, sagte Edit friedfertig. »Ein Spruch meiner Mutter. Ich bin neugierig, was Jean-Luc wieder alles eingekauft hat. Wenn ich drei Tage fort bin, wird er ganz verrückt. Er geht dann zum Delikatessenhändler und kauft wild durcheinander Hummer und Schnecken und Krabben ein, und zum Bäcker Poilâne in der Rue Cherche-Midi, wegen Schwarzbrot. Ist es nicht reizend? Im Frühjahr wird Jean-Luc übrigens fünfundsechzig. Wir werden ein großes Fest geben.«

Der Kaffee war gezuckert. Normalerweise finde ich ihn mit Zucker ungenießbar. Aber Edit zuliebe trank ich ihn zur Hälfte aus. Sie war so gut gelaunt und heiter geworden, von gewinnendem, ja bezwingendem Wesen – und ich mußte in diesem speziellen Fall nicht befürchten, den Kaffee für den Rest meines Lebens mit Zucker trinken zu müssen. In einer halben Stunde würden wir uns für immer verabschieden, mit leisem Bedauern und Sympathie, und ich würde eine Zeitlang beim Anblick von Marzipan oder Zollkorridoren an sie denken; das war alles.

In unserer Umgebung fingen die Menschen an zu scharren und zu rascheln. Sie standen auf, setzten sich wieder, räumten auf. Wir taten das gleiche. Ich steckte die Zeitung in meine Reisetasche, Edit gab mir das *Magazine* zurück und fragte: »Was heißt eigentlich *at odds*?«

»At odds?«

»Ja. Meine Gefühle und mein Intellekt sind at odds.«

»Ach so!« Die schockartige Leere, die mich bei solchen Fragen überfällt, füllte sich wieder mit Wörtern. »Widersprechen sich, stimmen nicht überein oder so. Warum?«

»Das schreibt *sie*, mit dem komischen Namen.«

»Im Horoskop?«

»Ich konnte es nicht lassen«, sagte Edit, »und wissen Sie, dieses englische ist wirklich gut. Ich habe noch nie ein solches Horoskop gelesen. Schreibt sie jede Woche so eins?«

»Was schreibt sie denn?«

»Heute scheint ein besonderer Tag zu sein. Eine Mondfinsternis im Zeichen des Widder bedeutet – warten Sie – *das Ende eines langen problematischen Kapitels im Bereich Ihrer Beziehungen.* Glauben Sie, daß das wahr ist? *Sie sind bereit, einen neuen Lebensabschnitt zu beginnen, würden aber doch gerne mehr darüber wissen, was die Zukunft bringt. Das ist vernünftig, vor allem, weil der noch immer rückläufige Merkur für Verwirrung und konfuse Botschaften sorgt. Sie tun gut daran, endgültige Entscheidungen aufzuschieben, bis Merkur in ein paar Tagen wieder vorwärts geht. In der Zwischenzeit sorgt Ihr Beherrscher Mars im nachdenklichen Zeichen des Skorpion dafür, daß Sie bei einer genauen Prüfung Ihrer Wünsche sich von Zweifeln befreien und Ihre Position für die Entscheidung* – nein, für die Zeit der Entscheidung – *stärken*. Fantastisch, nicht? Ich finde, hier weiß man genau, woran man ist. Außerdem schreibt sie noch, wenn ich die Zukunft, die heute beginnt, erkunde, muß ich Elemente der Vergangenheit – *to face* – ins Gesicht sehen? Ich denke, ich werde mir diese Zeitung auch besorgen. Es ist ja kein Vergleich mit den Horoskopen, die man hier bekommt, vor allem von dieser schwarzhaarigen Kuh, die so ähnlich wie die Sirupmarke heißt.«

Edit war glücklich.

»Bitte, behalten Sie doch das *Magazine*«, sagte ich mit einer gewissen Selbstüberwindung.

»Aber nein, ich hole es mir am Kiosk. Sie haben es noch nicht gelesen, stimmt's?«

Es stimmte. Wir packten unsere Sachen. Edit stopfte das Tablett in den Abfalleimer. Den halbvollen Kaffeebecher schob ich unter den Sitz. Es blieb uns noch eine Viertelstunde. Ein ungeschriebenes Gesetz besagt, daß man Reisebekanntschaften niemals nach ihrer Adresse fragt. Warum nicht? War der Reisezufall ein so besonderer Zufall, saß man schon zu lange nebeneinander, um überhaupt noch etwas voneinander wissen zu wollen?

Die ersten Reisenden verließen ihre Sitze und versuchten, ihre Koffer aus den Gepäckständern an der Tür zu ziehen. Wir blieben sitzen. Es war unnötig, sich an dem Gedrängel zu beteiligen. Der Zug begann jetzt, über die verschiedenen Weichen hin und her zu schleudern. Die Leute schwankten und fielen gegeneinander, wobei sie sich höflich entschuldigten.

»Gut, daß wir es nicht eilig haben«, flüsterte Edit mir zu.

Ich dachte an den Kaffee unter meinem Sitz, den ich im Geist schwappen hörte, und hoffte, er würde nicht umfallen.

»Die Leute sind so ungeduldig, sie können es nicht abwarten«, sagte Edit. »Eigentlich komisch. Heute früh noch am Bodensee, jetzt hier.«

»Das Marzipan tragen wir wieder zusammen, wenn Sie wollen«, sagte ich.

Edit kicherte. »Etwas leichter ist es ja schon«, sagte sie. »Aber nicht viel.«

Endlich tauchte das große Glashaus auf. Auf der anderen Seite sah ich ab und zu ein Stück vom Panorama der Stadt. Der Bahnhof kündigte sich mit langen Ziegelsteinmauern an. Die Wartenden schlossen dichter auf, drängten sich aneinander und konnten auf diese Weise nicht mehr umfallen.

»Wir sind da«, sagte Edit.

12

Auf dem Bahnsteig begrüßte uns die Luft mit warmen Nasenstübern. Edit stellte sich auf die Zehenspitzen und reckte den Hals. »Eigentlich bin ich eine sentimentale Gans. Am liebsten hätte ich immer alle zusammen um mich, also Jean-Luc und Lucien und meinen Vater und meine Mutter, und ein oder zwei Freunde – auf einem Südtiroler Bauernhof oder so, wo es schön warm ist... Kennen Sie diesen Traum? Statt dessen stolpert man so durchs Leben und merkt es gar nicht...«

Wir nahmen die Tasche mit dem Marzipan. Ich überlegte, ob Georg am Bahnhof sein würde oder ob er schon seinen Vortrag hielt. In diesem Fall würde ich ihn hier wie dort verpassen. Die Menschen überholten uns, wir kamen mit der Tasche langsam voran und mußten immer wieder vor einem Hindernis stehenbleiben. Edit wirkte erschöpft. Ich mußte plötzlich an eine Biene denken, die an einem Sommertag in unsere Gartentonne voller Gießwasser gefallen war. Sie war durch dieses Element spazierengegangen wie durch einen dünnen Brei. Es bot ihr keinen echten Halt; nur gerade so viel, daß sie nicht sofort unterging.

»Es ist ja noch richtig heiß«, sagte sie und blieb wieder stehen. Vor uns ging eine alte Frau in einem hellgrauen offenen Regenmantel, ganz verkrümmt, in einem noch langsameren Rhythmus. Wir setzten die Tasche einen Augenblick ab.

»Ich kann Jean-Luc immer schon von weitem erkennen«, sagte Edit, »an seinen weißen Haaren. Weil er so lang und dünn ist, sieht er aus wie ein exotisches Schilfgras. Sie kennen diese Gräser mit dem silberglänzenden Schopf, die an Gartenteichen stehen.«

Neugierig betrachtete ich die kleine Menge der Wartenden in der Halle. Nach dieser Beschreibung mußte Jean-Luc die anderen turmhoch überragen. Georg war nicht so auffällig und hatte außerdem die Eigenart, sich in der Öffentlichkeit hinter anderen zu verstecken.

»Wie sieht er aus, Ihr Mann?« fragte Edit.

»Mittelgroß, kastanienbraune Augen, Grübchen im Kinn«, zählte ich auf. »Aber er wird nicht da sein.«

»Ich kann Jean-Luc auch nicht entdecken«, sagte sie. »Merkwürdig. Er verspätet sich sonst nie.«

Wir gingen an den vorderen Wagen vorbei, dann an der Lokomotive. Die Wartenden, kaum daß sie sicher waren, daß niemand mehr aus dem ersten Waggon aussteigen würde, machten sich ihrerseits auf den Weg und kamen uns einzeln oder in kleinen Gruppen entgegen. Alle schauten uns neugierig ins Gesicht und gleich wieder weg. Edit sah starr geradeaus. Ich überlegte, ob ich vorher schon gewußt hatte, daß Georg nicht am Bahnhof sein würde – wie man vorher etwas weiß, aufgrund von Wahrnehmungen, die nicht mit den eigenen Wünschen übereinstimmen und doch sehr stark sind. Natürlich hatte ich es gewußt. Es war klar. Der Kongreß, der heute morgen begonnen hatte, ließ ihm keine Zeit mehr, quer durch Paris zu fahren, nur um mich abzuholen. Ich hatte es auch nicht erwartet, aber offenbar ist der Augenblick des Ankommens im Bahnhof einer fremden Stadt ein Moment der Schwäche, so daß man sich Beistand herbeisehnt. Möglicherweise hatte mich Edit aber auch mit ihrer intensiven Erwartungshaltung angesteckt.

Wir waren bei den Wartenden angekommen, die in lockerem Halbkreis den Gleiskopf versperrten. Man wich uns kaum aus. Wir brachen gemeinsam durch diesen Kordon, und Edit schleifte die schwere Tasche (und mich hinterher) in die Halle mit dem glänzend gewischten Fußboden. Ungefähr in der Mitte blieben wir stehen. Edit drehte sich nach rechts und sah ratlos das lange weite Gewölbe hinunter, ich schaute nach links und musterte das kurze Stück bis zum Ausgang, wo die Taxen standen und auf uns warteten.

»Niemand da«, sagte sie.

Ich überlegte, wie ich sie dazu überreden konnte, einfach auch in ein Taxi zu steigen und nach Hause zu fahren. Nicht sofort, das war klar. Sie nahm wahrscheinlich an, daß Jean-Luc sich verspätet hatte, und würde noch mindestens eine Viertelstunde auf ihn warten. Dazu hatte ich wenig Lust. Ich würde mich also hier von ihr verabschieden, in spätestens fünf Minuten.

»Edit«, sagte ich, »ich glaube, ich sollte so langsam…«

Aber Edit hatte sich wieder zum Gleis zurückgedreht. Unwillkürlich folgte ich ihrem Blick. Ein Mann kam auf uns zu. Keine weißen Haare. Ein schwarzhaariger, sehr französisch aussehender junger Mann mit hoher Stirn.

»Das ist…« sagte ich.

Edit sagte nichts. Ersichtlich war dies Lucien.

Wir blieben wie angenagelt stehen. Lucien kam Schritt für Schritt näher. Sein Näherkommen wirkte wie das Ergebnis einer komplizierten Gleichung zwischen vorwärtsstrebenden und hemmenden Faktoren. Ich überlegte, welchem Filmschauspieler er ähnlich sah. Es fiel mir nicht ein. Lucien ähnelte Edit, die ihn anstarrte wie einen Geist. Er hatte etwas vom »wohlgeratenen Sohn«, dem Wunschtraum aller Schwiegermütter, ein hübsches Kind in einer unversehrten Haut.

Das ist also Lucien, ging es mir durch den Kopf. Durch irgendeinen Zufall hatte Jean-Luc ebenfalls das Horoskop im *Sunday Times Magazine* gelesen und beschlossen, Edit eine Freude zu machen. Zumal dieses Horoskop auch für Lucien galt. Daher hatte er nach über zehn Jahren am Telefon ein Machtwort gesprochen und seinem Sohn bedeutet: Schluß mit dem langen problematischen Kapitel in eurer Beziehung – die Mondfinsternis im Zeichen des Widder verlangt Opfer, also holst du sie heute vom Bahnhof ab. Nein; meine boshafte Phantasie ging schon wieder mit mir durch. Etwas anderes war los. Man konnte es an Luciens Gesicht sehen. Das Kind in der Glückshaut war beunruhigt und bekümmert.

»Was ist… Wo ist Jean-Luc?« wollte Edit wissen.

»Er hatte eine *crise cardiaque*«, sagte Lucien. Er zögerte.

Natürlich war ich hier fehl am Platz. Warum saß ich nicht schon längst in meinem Taxi?

»Ich wollte gerade...« sagte ich.

Edit hörte mich gar nicht. Sie war vom Anblick ihres Sohnes wie benebelt. »Was erzählst du mir da«, sagte sie, auf französisch, »wir haben doch gestern abend noch am Telefon miteinander gesprochen, Jean-Luc und ich. In Lindau. Er war wie immer.«

»Heute früh«, sagte Lucien.

»Das ist unmöglich«, sagte Edit ungläubig. »Wo ist er?«

Lucien warf mir einen fragenden Blick zu. »Im Krankenhaus. Eure Hausangestellte hat mich angerufen. Sie wußte, daß er dich heute vom Bahnhof abholen wollte. Als sie mich anrief, hatte man ihn schon ins Krankenhaus gebracht. Zum Glück war sie heute früh im Haus und hat es sofort gemerkt. Mach dir keine Sorgen, er wird optimal versorgt.«

Edit war völlig konfus. Zu viele Informationen auf einen Schlag. War Lucien gekommen, weil es sehr ernst um Jean-Luc stand? War Jean-Luc vielleicht sogar schon tot, und man wollte es ihr schonend, in Etappen, beibringen? Wenn es aber nicht so schlimm war, warum war Lucien persönlich erschienen? Hieß es, daß er sich mit ihr versöhnen wollte? Und was jetzt? Sollte sie sofort ans Krankenbett fahren – oder erst mit Lucien reden?

Es tat mir leid, meine Reisegefährtin im Zustand derartiger Verwirrung zurückzulassen. Aber ich war überflüssig. Komplett überflüssig. Ich drückte der vollkommen geistesabwesenden Edit die Hand und hob sie grüßend in Richtung Lucien. Im Weggehen hörte ich ihn sagen: »Was ist denn das?«

Etwas scharrte, offenbar tippte er mit dem Fuß gegen die Tasche, und Edit antwortete mit einem kurzen Auflachen: »Marzipan.«

Drei Tage später saßen wir auf der Rückfahrt wieder im Zug. Georg hatte *Le Monde* gekauft, in der Hoffnung, einen Bericht über den Kongreß zu lesen. Ich sah zu meinem Erschrecken auf der Seite mit den Familienberichten drei große Traueranzeigen für Jean-Luc Maroselli, Fabrikant. Die erste stammte von der Belegschaft seiner Firma *(Le Clignoteur)*, die zweite von einem Industriellenverband, die dritte mit der Ortsangabe Paris-Cannes-Lindau von seiner Familie.

Es war wie der Abspann eines Films. Jean-Luc war nach kurzer schwerer Krankheit seinem Herzinfarkt erlegen. Um ihn trauerten Edit Maroselli, geborene Raab, Dr. med. Lucien Maroselli mit Frau und Kindern (sie waren nicht namentlich aufgeführt), Suzanne Maroselli-Poing in Cannes (wahrscheinlich eine Schwester) sowie Etelka Raab in Lindau – Edits Mutter.

Der Regisseur des Familiendramas blieb verborgen. Ich gab Georg die Zeitung. Er las, zunächst verständnislos, dann mit einem Zeichen des Wiedererkennens.

»Ah«, sagte er, »Edit Maroselli, ist das nicht die, von der du die ganze Zeit erzählt hast?«

»Ja.«

»Die komische Marzipanschlepperin?«

»Ja, sie ist es. Aber sie ist nicht komisch. Abgesehen von …«

»Wovon denn?«

»Von diesem Marzipantick. Ich würde aus Deutschland etwas anderes mitnehmen.«

»Jedem das Seine«, sagte Georg und legte die Zeitung neben sich auf den Sitz. Kurze Zeit später steckte er sie in seine schwarze Aktentasche und beförderte diese auf das Glasbrett über unseren Köpfen. Er lehnte sich zurück und schloß die Augen. Ich überlegte, ob er auch den Kontakt zu Edit Maroselli abgebrochen hätte, wenn sie seine Mutter gewesen wäre.

Vielleicht nicht. Was gab den Ausschlag? Welche Nerverei war unerträglich, welche gerade noch erträglich? Ich erinnerte mich, von einem Fall gelesen zu haben, in dem ein achtundzwanzigjähriger Mann in einer großangelegten Suchaktion seine leibliche Mutter aufspürte, die ihn kurz nach seiner Geburt zur Adoption freigegeben hatte. Er fand sie, und die beiden lebten fortan in Frieden und Freude, in Harmonie auch mit der braven Adoptivmutter, die den jungen Mann aufgezogen hatte. Andere Adoptivkinder brachten nicht soviel Phantasie auf, sich die Gründe vorzustellen, weshalb ihre Mütter sie möglicherweise weggegeben hatten, und haßten ihre nächsten Verwandten aus der Ferne. Man haßte aus der Ferne, aus der Nähe, liebte Schurken, haßte brave Bürger, liebte brave Bürger, vergötterte dumme Menschen, weil sie lieb waren, haßte intelligente Menschen, obwohl sie auch lieb waren – Logik gab es in all dem nicht. Gründe wohl. Erklärungen auch. Aber keine Gerechtigkeit. Die Erklärung jener Frau, die ihren leiblichen Sohn nach achtundzwanzig Jahren in die Arme schließen konnte, war sogar besonders interessant. Sie hatte als junge ledige Mutter etwas getan, wovon man ihr streng abgeraten hatte. Sie hatte ihr Baby drei Monate bei sich behalten. Außerdem hatte sie Tag und Nacht mit ihm geredet. Hör mal, mein Kleiner, hatte sie zu ihm gesagt. Ich kann dich nicht behalten. Dein Vater will nichts von uns wissen, und ich, ich bin ein Springkraut. Ich bin siebzehn, lebenshungrig, unzuverlässig. Laß uns eine Katastrophe vermeiden. Es ist besser für dich, allerdings auch für mich. Es muß geschehen. Ich liebe dich. – Ihr eigenes Leben wurde dann, ungeachtet ihrer vorausschauenden Planung, zu einer einzigen Katastrophe. Jeden Abend beweinte sie, was sie getan hatte, und die Schuldgefühle fraßen sie achtundzwanzig Jahre lang fast auf. (»Ich konnte nicht wissen, daß es so entsetzlich mächtig ist.«) Der junge Mann dagegen hatte den Kraftakt unbeschadet überstanden, seine leibliche Mutter bemitleidet, vermißt, gesucht, gefunden und alles wieder ins Lot gerückt. Stimmt es also, daß Neugeborene und Säuglinge alles verstehen, was man ihnen in Ernst und Not zuflüsterte? Was hätte Edit wohl zu diesem Fall gesagt, der den der australischen Geschäftsfrau weit in den Schatten stellte, an vordergründiger Ungerechtigkeit haushoch übertraf?

»Möchtest du ihr nicht schreiben?« fragte Georg in diesem Augenblick. Er hatte die Augen wieder geöffnet und lächelte.

»Wem? Edit?«

»Du hast jetzt ihre Adresse. In der Anzeige.«

»Aber ich kann nicht kondolieren. Das ist so was Verlogenes. Obwohl…«

Wir schwiegen.

»Nein«, sagte ich, nachdem ich nachgedacht hatte. »Ich möchte es nicht tun.«

»Niemand zwingt dich«, sagte Georg.

Sibylle Mulot im Diogenes Verlag

Liebeserklärungen

Roman

»An Milan Kundera erinnert *Liebeserklärungen* des öfteren – an seine Urbanität, an seine aufgeklärte Skepsis, an seine Neugierde auf die Menschen, an die welterfahrenen Melancholien seiner Erotik.
Und doch ist der Unterschied zu Kundera beträchtlich. Denn Sibylle Mulot verfügt nicht nur über die weibliche Erfahrung von heute; ihr steht auch eine besondere Art von diskretem Humor zu Gebote, ein Fluidum von eleganter Selbstverspottung, von wissender Heiterkeit.« *Sigrid Löffler/Die Woche, Hamburg*

Nachbarn

Roman

»Eine Geschichte über Verrat und politischen Mord, über verschwiegene Schuld und verschwiegene Unschuld, über eingefleischten Haß und bitter gewordene Rachelust unter alten Nachbarn, über schwärende historische Wunden, die wieder aufbrechen: eine Geschichte über Résistance und Kollaboration in Frankreich unter deutscher Okkupation.«
Sigrid Löffler/ORF, Wien

»Packend und umsichtig erzählt Sibylle Mulot eine äußerst spannende Geschichte, in der die Leserinnen und Leser die Fäden selbst knüpfen müssen.«
Tages-Anzeiger, Zürich

»Ein großes Talent.« *Rheinischer Merkur, Bonn*

»Mit *Nachbarn* dürfte Sibylle Mulot diesseits wie jenseits des Rheins Geschichte machen.«
Der Tagesspiegel, Berlin

Die unschuldigen Jahre

Roman

Die vierzehnjährige Mimi liebt ihre beiden älteren Schwestern nicht nur, sie vergöttert sie: die schöne weltoffene Deïna mit ihrer einhüllenden Zärtlichkeit und die kühle unergründliche Astrid, die glaubt, ohne Deïna nicht sein zu können. Die Welt ist für Mimi im Lot, solange die drei nur zusammen sind, sich aneinander messen, alles bereden, teilen: die Kinderzeit, die Familienrituale, auch die Wut auf die Mutter Marga, die, vital, komisch und tyrannisch, ihre sehr eigenen Vorstellungen von den Töchtern hat. Deren Zusammenhalt überstrahlt heikle Großereignisse wie die ersten Bälle, die ersten Partys, den Ansturm der Verehrer. Bis der eine kommt, dessen Liebe man nicht teilen kann …

»Sibylle Mulot hat eine unter deutschen Schriftstellern seltene Begabung: sie vermag mit leichter Hand die kleinen Dramen des Alltags aufzuspüren, die nicht selten nur Echos größerer Tragödien der Vergangenheit sind. *Die unschuldigen Jahre* ist ein feiner kleiner Roman.« *Volker Hage/Der Spiegel, Hamburg*

»Sibylle Mulot ist ein bis ins kleinste Detail beängstigend genau gestaltetes Sittengemälde der Nachkriegsdeutschen und ihrer Werte gelungen. Ein Roman – und das ist die Kunst, die Sibylle Mulot so fabelhaft beherrscht –, der ganz und gar nicht moralisierend daherkommt.« *Erdmute Klein / Berliner Morgenpost*

»Nicht selten hört man die Klage, daß die deutsche Gegenwartsliteratur besonders arm sei an gut geschriebenen und unterhaltsamen Büchern, die gedanklich gleichwohl nicht ›unter Niveau‹ gehen. Ein Grund mehr, auf Sibylle Mulot aufmerksam zu machen. Sie ist eine kluge Psychologin und gelassene Moralistin, vor allem aber eine geschickte Dramaturgin.«
Helmut Kiesel/Frankfurter Allgemeine Zeitung